KB192745

나무와 이파리

나무와 이파리

신화 창조

베오르흐트헬름의 아들 베오르흐트노스의 귀향

J.R.R. 톨킨 지음
김보원·이미애 옮김

arte

일러두기

1. 이 책은 2009년에 출간된 『나무와 이파리』를 우리말로 옮긴 것이다.
2. 외국 인명·지명·독음 등은 외래어표기법을 따르되, 레젠다리움 세계관과 관련된 용어의 경우 톨킨 번역 지침에 기반하여 역어를 결정했으며, 고유명사임을 나타내기 위해 의도적으로 띄어쓰기 없이 표기하였다.
3. 편명은 「」로, 책 제목은 『』로, 미술품명, 공연명, 매체명은 〈〉로 묶어 표기하였다. 또한 원문 체제에 맞춰 [ ]와 ( )를 구분하여 사용하였다.
4. 에세이의 특성을 고려하여 「요정이야기에 관하여」에서 원문 병기 시 첨자로 병기하였다. 역어를 정함에 있어 fairy-story는 '요정이야기'로, fairy-tale은 '동화'로 옮겼고 story는 '스토리', tale은 '이야기'로 구분하였다.

나무와 이파리

톨킨 작품을 읽은 사람이라면 누구나 알겠지만, 요정이야기는 단순히 어린이용이 아니다. 톨킨 교수는 「요정이야기에 관하여」에서 동화와 판타지의 본질을 논하며, 이 장르를 한편으로 학계의 연구자들로부터, 다른 한편으로 '아동용'으로 격하하려고 하는 이들로부터 구해 낸다. 이에 대한 적절하고 우아한 사례로, 책 후반부에 톨킨의 초기 단편 중 하나인 「니글의 이파리」가 실려 있다. 『반지의 제왕』이 본격적으로 전개되기 시작한 1939년경, 거의 비슷한 시기에 집필된 두 작품은 판타지에 '실재에 상응하는 내적 일관성'을 부여하는 힘, 곧 '하위 창조'로서의 예술에 대한 톨킨의 이해와 원숙한 경지를 보여준다.

신화 창조

「신화 창조」라는 제목의 시 한 편을 함께 묶어 실었다. 이 시에서 저자인 '신화 애호가'는 '신화 혐오가'의 의견을 논박한다.

베오르흐트헬름의 아들 베오르흐트노스의 귀향

톨킨 교수의 극시 「베오르흐트헬름의 아들 베오르흐트노스의 귀향」은 991년 말돈에서 벌어진 처참한 전투에서 영국의 지휘관 베오르흐트노스가 살해된 이후의 이야기를 풀어낸다. 전투가 끝난 날 밤에 공작의 두 하인이 주군의 시신을 찾기 위해 전쟁터에 간다. 살해된 시신들 사이에서 주군을 찾으며 두 사람은 전투에 대해, '헛되이 고귀한' 자신들의 주군에 대해, 그리고 전쟁으로 인한 황폐화에 대해 영웅시체에 맞지 않는 언어로 이야기를 나눈다.

차례

서문[1]

「요정이야기에 관하여On Fairy-Stories」와 「니글의 이파리Leaf by Niggle」, 이 두 작품은 『나무와 이파리Tree and Leaf』라는 이름으로 함께 묶여 1964년에 출간되었다. 이번에 새 판본을 내면서 세 번째 작품으로 신화 만들기를 다룬 「신화 창조Mythopoeia」라는 제목의 시 한 편을 여기에 추가하는데, 이 시에는 저자인 '신화 애호가Philomythus'가 '신화 혐오가 Misomythus'의 의견을 논박한다. 「신화 창조」는 이번에 처음 발표되는 작품으로 내용상 「요정이야기에 관하여」 에세이 일부와 밀접한 관련이 있고, 그래서 사실 아버지는 그중 14행을 이 에세이에 인용(100~101쪽)하기까지 했다. 하지만 그 이야기를 더 하기 전에 『나무와 이파리』 초판에 아버

[1] 1988년판 서문.

지가 붙인 '일러두기'를 먼저 인용하겠다.

「요정이야기에 관하여」와 「니글의 이파리」 이 두 작품을 이번에 중쇄를 찍어 함께 발간한다. 이제는 두 작품을 구하는 것이 쉽지 않지만 둘 모두 여전히 흥미로운 작품으로, 특히 『반지의 제왕』을 재미있게 읽은 독자들은 좋아할 것이다. 전자는 '에세이'이고 후자는 '스토리'이지만 둘은 서로 연결되어 있는데, '나무'와 '이파리'라는 상징에서 이를 알 수 있고, 또 두 작품 모두 에세이에서 이른바 '하위 창조sub-creation'라고 명명한 작업을 서로 다른 방식으로 언급한다는 점에서도 확인할 수 있다. 또 두 작품은 같은 시기(1938~1939)에 집필되었는데, 그 시점은 『반지의 제왕』이 본격적으로 전개되면서 호빗들만큼이나 나도 미지의 세계에서 전개될 고생과 모험이 만만찮을 것이라는 생각에 위축되어 있을 때였다. 대략 그때쯤 우리는 브리에 도착해 있었는데, 간달프가 어떻게 되었는지 혹은 성큼걸이가 누구인지는 호빗들 못지않게 나도 아는 것이 별로 없었다. 과연 답을 찾을 때까지 버틸 수 있을지 절망스럽기도 했다.

'에세이'는 원래 '앤드루 랭 강연'으로 만들어진 것인데, 1938년에 좀 더 짧은 형태로 세인트앤드루스대학에서 강연을 한 바 있다.[2] 최종적으로는 내용을 약간 확대하여 옥스퍼드대학교 출판사에서 1947년에 펴낸 『찰스 윌리엄스에 바친 에세이』 중의 한 편으로 넣었는데, 이 책은 현재 절판되었다. 여기서는 당시 원고를 몇 가지 사소한 수정 사항을 제외하고 그대로 수록하였다.

'스토리'가 발표된 것은 1947년이 되어서였다(《더블린 리뷰》). 어느 날 아침 눈을 뜨면서 이미 머릿속에 이야기가 마련되어 있어 원고는 무척 빠르게 완성되었고, 그 뒤로 내용이 바뀐 것은 없다. 글을 쓰게 된 동기 중 하나는 커다란 가지가 달린, 내 침대에 누워서도 볼 수 있는 포플러나무였다. 이유를 알 수 없지만, 갑자기 주인이 나뭇가지를 모두 싹둑 잘라 버렸던 것이다. 그 나무는 이제 완전히 절단되고 없는데, 나무가 저질렀을 수도 있는 어떤 범죄, 가령 키가 큰 데다 살아 있다는 이유로 받는 처벌이라면 덜 야만적인 처벌이라고 하겠다. 나무에게 친

[2] 1947년에 이를 1940년이라고 표시하였으나 잘못이다. [초판 '일러두기'에 붙인 각주. 하지만 실제 강연은 1939년 3월 8일에 열렸다. 험프리 카펜터, 『J.R.R. 톨킨 전기』, 191쪽]

구가 있었던 것 같지도 않고, 올빼미 한 쌍과 나 말고 애도하는 이가 있었던 것 같지도 않다.

「요정이야기에 관하여」 에세이에서 아버지는 '신화와 요정이야기를 "거짓말"이라고 하는 어떤 분에게 이전에 보낸 편지 속에 쓴 짧은 한 대목'을 인용하면서 이렇게 덧붙였다. '다만 정당하게 평가하자면, 그분은 요정이야기 만드는 일을 "은銀 사이로 거짓말 불어넣기"라고 부를 만큼 충분히 자상한 분이면서도 그만큼 개념을 혼동하고 있었다.' 인용된 시행은 이렇게 시작한다.

> 나는 이렇게 말했다—"선생님, 지금은 멀어진 지 오래지만, 인간은 완전히 길을 잃지도, 완전히 변하지도 않았습니다."

「신화 창조」 수기 원고 집필 자료 중에서 이 같은 '운문 서신' 유형은 존재하지 않는다. 현재 남아 있는 이 시의 버전은 일곱 가지로, 특정인에게 응대하는 형식인 것은 하나도 없다. 사실 초기의 네 텍스트는 '당신은 나무를 보고'가 아니라 '그는 나무를 보고'로 시작한다(그리고 최초의 제목은 '신화의 섬Nisomythos: 짧은 헛소리에 대한 긴 답변'이었다). "지금은 멀어진 지 오래지만"이란 구절은 아래 내용과 연결되어 있고 따라서 묶어서 이해해야 한다.

인간의 마음은 거짓말의 범벅이 아니며,
유일의 지혜자로부터 약간의 지혜를 얻어 내고,
여전히 그분을 찾고 있습니다.

이 대목 전체가 거의 수정 없이 최초 버전에 들어가 있는 것으로 보아 '편지'가 논지 전개의 장치라는 점은 명백하다.

"신화와 요정이야기를 '거짓말'이라고 하는 어떤 분"은 C.S. 루이스였다. 「신화 창조」의 다섯 번째 버전에서(이 버전에서 도입부가 "그는 나무를 보고"에서 "당신은 나무를 보고"로 바뀌었다) 아버지는 "JRRT가 CSL에게"라는 구절을 넣었고, 다시 여섯 번째 버전에 "신화 애호가가 신화 혐오가에게"를 추가했다. 최종본에는 두 개의 방주marginal note가 붙어 있는데,[3] 첫째 주석은 (도입부의 단어 '나무'와 관련하여) 이

[3] 이 주석의 작성일은 1935년 11월 이후로 볼 수 있지만 원고에 기입한 것은 시의 텍

시의 '정신적 현장現場'에 대한 언급이다.

> 나무를 선택한 것은 나무가 금방 쉽게 분류 가능하고 셀 수 없이 다양하기 때문이다. 하지만 이 점은 다른 것들도 마찬가지이기 때문에, 내가 나무를 대부분의 다른 사물보다(사람들보다 훨씬 더) 잘 알아보기 때문이라고 말하는 것이 낫겠다. 어쨌든 정신적 현장으로서 이 시행의 배경은 밤에 바라보는 모들린대학의 '숲과 산책로'이다.

『J.R.R. 톨킨 전기』(앨런 앤드 언윈 출판사, 1977년, 146~148쪽)에서 험프리 카펜터는 「신화 창조」 집필의 계기가 되는 날을 찾아냈다. 1931년 9월 19일 밤, C.S. 루이스는 아버지와 휴고 다이슨을 모들린대학의 저녁 식사에 초대했고, 그들은 나중에 구내를 산책하며 대화를 나누었다. 사흘 뒤 루이스는 친구인 아서 그리브스에게 이런 내용의 편지를 보냈다. "은유와 신화 이야기를 하다가 돌풍 때문에 중단되었는데, 고요하고 따뜻한 저녁 시간에 갑자기 불어온 바람 때문에 나뭇잎이 후두두 마구 떨어져 비가 올 것 같은 생각이

스트가 완성된 뒤였다.

들었네. 우리는 모두 숨을 죽였고, 두 사람은 거의 자네 못지않게 그런 순간에 느끼는 황홀경을 느끼고 있더군." 그리브스에게 나중에 보낸 편지(1931년 10월 18일)[4]에서 루이스는, 그리스도의 스토리를 '진정한 신화'의 관점에서 개진하는 다이슨과 아버지의 생각을 자세히 설명했다. 험프리 카펜터는 『톨킨 전기』와 또 더 자세하게는 『잉클링스』(앨런 앤드 언윈 출판사, 1978년, 42~45쪽)에서, 루이스의 편지와 「신화 창조」에 제시된 논증의 취지를 바탕으로 그날 밤의 토론을 상상해 냈다.

최종본의 두 번째 방주는 설명용이고 해당 시의 이력과는 관련이 없지만 편의상 여기서 내놓을 수 있다. 내용은 9연의 8행("두 번 유혹당한 자들의 가짜 유혹")에 관한 언급이다. "'두 번 유혹당한'이란 말은 세속적 행복을 '유일한' 목표로 삼아 돌아가는 것이 첫 유혹이지만, 이 목표조차 잘못 추구하고 있고 타락했기 때문이라는 뜻이다."

이 주석과 같은 시기에 아버지는 원고 끝에 이런 기록을 남겼다. "주로 고사장 건물에서 시험 감독 중에 작성함."

---

[4] 이 편지들은 『함께 선 그들They stand Together: C.S. 루이스와 아서 그리브스의 편지들(1914~1963)』(월터 후퍼 엮음, 콜린스 출판사, 1979년, 421쪽, 425~428쪽)에 발표되었다. 이에 대해 험프리 카펜터에게 감사한다.

여기에 실은 「신화 창조」 텍스트는 현재 원고에 남아 있는 최종본과 정확히 일치한다. 텍스트의 역사가 세부적으로는 복잡하지만, 일곱 가지 버전을 거치며 시가 발전해 온 과정은 대체로 내용 확장이라고 할 수 있다. 초기본들은 "복이 있도다"로 시작하여 "내 작은 황금의 홀을 내려놓지 않을 것입니다"로 끝나는 세 개의 연이 없어서 길이가 훨씬 짧다.

크리스토퍼 톨킨

요정이야기에 관하여

성급한 모험이라는 것은 알고 있지만, 나는 '요정이야기fairy-story'에 관한 논의를 하고자 한다. '요정나라Faërie'는 위험천만한 곳으로, 그 안에는 부주의한 이들이 빠지는 함정이 있고 무모한 이들이 갇히는 지하 감옥도 있다. 실제로 글 읽기를 배운 뒤로 요정이야기를 좋아했고 또 가끔 요정이야기에 대해 생각해 본 적은 있지만, 이를 본격적으로 연구한 적은 없기에 이 시도가 무모하게 보일 수 있겠다는 생각도 든다. 나는 그저 요정나라를 방랑하는 탐험가(혹은 침입자), 곧 경이감은 넘치나 지식은 부족한 탐험가 이상은 결코 아니었기 때문이다.

요정이야기의 세계는 넓고 깊고 높고, 또한 많은 것으로 가득 차 있다. 그곳에 가면 여러 모양의 짐승과 새를 만나고, 가없이 뻗은 바다와 수없이 많은 별을 보며, 매혹 그 자체인 아름다움이 있고, 위험천만한 일이 일상다반사로 벌어지며, 칼날처럼 날카로운 기쁨과 슬픔이 있다. 우리는 그 세계를 여행했던 것을 행운이라고 여길 수는 있겠지만, 이를 보고하려고 하는 여행자는 바로 그 세계의 풍요로움과 낯섦 때문에 말문이 막히게 된다. 그 세계에 들어가 있는 동안은 너무 많은 질문을 하는 것도 위험하다. 자칫 문이

닫히고 열쇠를 잃어버릴 수도 있기 때문이다.

하지만 요정이야기에 관해 논의할 생각을 한다면, 요정나라 종족들이 이 무모함을 어떻게 보든 간에, 반드시 답변이 기대되거나 답변을 시도할 몇 가지 질문이 있다. 예를 들면 요정이야기란 무엇인가? 그 기원은 무엇인가? 그 효용은 무엇인가? 나의 계획은 이 질문에 대한 답변, 혹은 답변을 위한 암시를 제공하고자 하는 것으로, 나는 그 답을 주로 이야기들 속에서 찾았는데 다만 모든 수많은 이야기 중 내가 아는 것들은 극히 일부에 지나지 않는다.

요정이야기

'요정이야기'란 무엇인가? 이런 경우에 『옥스퍼드 영어 사전』을 들춰 봐도 별 소용이 없다. 이 사전은 '요정이야기 fairy-story'란 합성어에 대한 언급이 없고, 전반적으로 '요정 fairies'이란 용어에 대해서도 도움을 주지 않기 때문이다. '동화fairy-tale'에 대한 기록은 이 사전의 부록에서 1750년 이후부터 찾아볼 수 있는데, 이 단어의 주요 의미가 (a) '요정에 대한 이야기a tale about fairies, 혹은 개괄적으로 요정 전설a fairy legend'로 되어 있고, 의미가 확대되어 (b) '비현실적이거나 믿을 수 없는 스토리' 및 (c) '거짓(말)'이 추가되어 있다.

추가된 두 의미를 다루면 이 논의가 감당할 수 없을 만큼 커질 것이 분명하다. 하지만 첫째 의미는 너무 협소하다. 물론 에세이를 쓰기에 너무 협소하다는 뜻은 아니다. 사실 여러 권의 책을 써도 될 만큼 큰 주제이지만, 실제 용례를 모두 담기에는 너무 협소하다는 뜻이다. '요정'에 관한 사전 편찬자들의 정의를 받아들이게 되면 특히 그렇다. 사전에는 요정을 '아주 작은 크기의 초자연적 존재로, 일반적으로 마법적 능력을 소유하고 있으며 인간사에 좋은 쪽이든 나쁜 쪽이든 상당한 영향을 미치는 것으로 알려져 있음'이라고 설명한다.

'초자연적supernatural'이란 말은 느슨하게 정의하든 엄격하게 정의하든 위험하고 어려운 단어이다. 하지만 super-를 순전히 최상급 접두사로만 이해하지 않는 이상, 이 말을 요정에 적용하는 것은 절대로 있을 수 없는 일이다. 왜냐하면 요정과 비교하면, 초자연적 (그리고 대체로 아주 작은 체구의) 존재는 인간이기 때문이다. 오히려 요정이 자연스러운natural 존재, 곧 인간보다 더 자연스러운 존재라고 할 수 있다. 그것이 그들의 운명이다. 요정나라fairyland로 가는 길은 천국으로 가는 길이 아니며, 또 지옥으로 가는 길도 아니라고 나는 믿지만, 그 길로 가다 보면 악마가 시키는 대로 빙 돌아서 지옥으로 갈지도 모른다고 주장하는 이들도 있다.

아, 저기 좁은 길이 보이지 않소?
　가시와 찔레 우거진 길 말이오.
그 길은 의義의 길,
　하나, 그 길을 묻는 이는 거의 없소.

저기 넓고 넓은 길이 보이지 않소?
　백합 들판 넘어가는 길 말이오.
그 길은 악惡의 길,
　하나, 혹자는 이를 천국 가는 길이라 하오.

저기 어여쁜 길이 보이지 않소?
　고사리 무성한 비탈을 돌아가는 길 말이오.
그 길은 아름다운 요정나라로 가는 길,
　오늘 밤, 그대와 내가 걸어갈 길이오.

'아주 작은 크기diminutive size'. 나는 이 개념이 현대적 용례에서 주요한 의미라는 점을 부정하지 않는다. 어떻게 해서 이렇게 된 것인지 연유를 찾아보면 흥미로울 것이라고는 생각했지만, 확실한 답을 내놓기에는 내 지식이 충분치 않다. 사실 옛날에는 요정나라 거주민 중에 (아주 작은 크기는 아니나) 작은 이들이 일부 있었지만, 작다는 것이 그들을 전체적으로 나타내는 특징은 아니었다. elf든 fairy든 아주 작은 존재는 잉글랜드에서는 대체로 문학적 상상력이 교묘하게 빚어낸 산물이다(라고 나는 짐작한다).[5] 예술에서 섬세하고 세련된 것을 좋아하는 취향이 자주 등장한 잉글랜드에서 이 문제와 관련하여 아담하고 아주 작은 크기를 선호하는 쪽으로 상상력이 발동한 것은 아마도 부자연스러운 일이 아닐 수 있는데, 프랑스에서도 이 취향은 궁정으로 들어가 화장을 하고 다이아몬드를 걸치는 쪽으로 나타났다. 하지만 나는 '꽃과 나비'를 선호하는 이 왜소 취향은 또

---

[5] 여기서 이야기하는 것은 다른 나라 민속에 대한 관심이 증가하기 전에 전개된 상황이다. elf 같은 영어 단어들은 (fay와 faërie, fairy의 기원이 되는) 프랑스어 영향을 오랫동안 받았지만, 이후에 fairy와 elf는 번역에 사용되면서 독일과 스칸디나비아, 켈트 쪽 이야기의 분위기를 강하게 띠게 되었고, 훌두huldu-folk(아이슬란드어로 요정—역자 주)와 디느 쉬daoine-sithe(스코틀랜드 게일어로 요정—역자 주), 털위스 테그tylwyth teg(웨일스어로 요정—역자 주)의 특징을 많이 지니고 있다.

한 '합리화'의 산물이기도 했다고 의심하는데, 이 합리화는 요정나라의 화려한 매력을 순전히 교묘한 술수로 전환하거나 불가시성invisibility을 노란 앵초 속에 숨거나 풀잎 뒤에 움츠리는 나약함fragility으로 바꾸어 놓았다. 이런 경향이 생겨난 것은 대항해로 인해 세상이 인간과 요정 모두를 품기에는 너무 좁아 보이게 된 직후로 추정된다. 서녘에 있는 마법의 섬 하이 브러실Hy Breasail(아일랜드 서쪽 먼 곳에 있었을 것으로 추정되는 마법의 섬—역자 주)은 바로 이때 "붉은색 염료 나무의 땅" 브라질Brazils이 되었다.[6] 어쨌든 이 경향은 대체로 윌리엄 셰익스피어와 마이클 드레이튼Michael Drayton이 일역을 담당한 문학적 사업이었다.[7] 드레이튼의 『님피디아Nymphidia』는 더듬이를 달고 날아다니는 정령과 꽃 요정의 긴 계보에서 원조에 속하는데, 나는 어린 시절에 이 이야기를 무척 싫어했고, 나중에 우리 아이들도 진저리를 쳤다. 앤드루 랭도 비슷한 반응을 보였다. 『라일락 요정 책Lilac Fairy Book』 머리말에서 그는 따분한 당대 작가들의

---

[6] 아일랜드어 '하이 브러실'이 '브라질'이란 이름의 작명에 기여했을 수 있는 개연성에 대해서는 낸슨의 『북부의 안개 속에In Northern Mists』 ii, 223~230쪽 참조.

[7] 그들의 영향은 잉글랜드에만 국한되지 않았다. 독일어 Elf, Elfe는 빌란트가 번역한 『한여름 밤의 꿈』(1764)에서 유래한 것으로 보인다.

이야기들을 이렇게 평하고 있다. “이야기는 늘 어린 소년이나 소녀가 밖으로 나가 서양앵초와 치자나무, 사과꽃 속에 있는 요정을 만나는 것으로 시작하는데 […] 이 요정들은 웃기려고 하다가 실패하거나, 아니면 설교를 시도해 성공한다.”

하지만 앞서 말한 대로 이런 경향은 19세기 훨씬 이전에 시작되어 오래전에 따분함의 경지에 이르렀고, 이는 명백히 웃기려고 하다가 실패하는 데서 오는 따분함이었다. 드레이튼의 『님피디아』는 요정이야기(요정들에 관한 이야기)로 간주되지만 역사상 최악에 속한다. 오베론의 궁정은 거미다리로 된 벽이 있고,

> 고양이 눈으로 만든 창문에,
> 지붕은 널빤지 대신에
> 박쥐 날개로 덮여 있네.

기사 피그위긴Pigwiggen은 장난꾸러기 집게벌레를 타고, 사랑하는 맵 여왕Queen Mab에게 개미 눈으로 만든 팔찌를 보내어, 노란 앵초꽃 속에서 밀회를 약속한다. 하지만 이

모든 어여쁜 수사 속에 들려주는 이야기는 음모와 교활한 중개인들이 나오는 따분한 스토리에 불과하다. 용감한 기사와 분노한 남편은 수렁에 빠지고, 그들의 분노는 레테강의 강물 한 모금으로 잠잠해진다. 레테강이 그 모든 이야기를 삼켜 버렸다면 차라리 나았을 것이다. 오베론과 맵, 피그위긴은 아주 작은 크기의 요정들elves or fairies일 수 있지만, 아서 왕과 기네비어, 랜슬롯은 요정이 아니다. 하지만 아서의 궁정에서 벌어지는 선과 악의 스토리야말로 이 오베론의 이야기와 달리 '요정이야기'이다.

Fairy는 명사로는 대체로 elf에 상응하는 단어로, 튜더 시대 이전에는 거의 사용된 적이 없는 비교적 근대에 만들어진 말이다. 『옥스퍼드 사전』에 나오는 최초의 인용은 (서기 1450년 이전의 것으로는 유일함) 상당한 의미가 있는데, 시인 가우어John Gower가 썼다고 하는 'as he were a faierie'라는 표현이다. 하지만 가우어가 쓴 것은 그것과 다르다. 그가 쓴 문장은 'as he were of faierie'였고, 이는 '마치 요정나라Faërie에서 온 것처럼'이란 뜻이기 때문이다. 가우어는 교회에서 처녀들의 환심을 사려고 하는 바람둥이 청년을 묘사하고 있었다.

His croket, kembd and thereon set
A Nouche with a chapelet,
Or elles one of grene leves
Which late com out of the greves,
Al for he sholde seme freissh;
잘 빗은 머리, 그 위에 얹은
화환 두른 보석,
아니면 덤불숲에서 막 따온
초록 잎 하나,
이 모두 그를 산뜻하게 보이기 위한 것.

And thus he loketh on the fleissh,
Riht as an hauk which hath a sihte
Upon the foul ther he schal lihte,
And as he were of faierie
He scheweth him tofore here yhe.
그렇게, 그는 먹이 찾는
한 마리 매처럼
곧 내려가 덮칠 새 한 마리 발견하고,

마치 요정나라에서 온 것처럼
그녀의 눈앞에 나타나네.[8]

이 청년은 인간의 피와 뼈를 소유한 인물이지만, 이중二重의 실수로 인해 그를 지칭하게 된 '요정fairy'이란 말의 정의보다 훨씬 더 잘 요정나라Elfland 거주민들의 모습을 보여준다. 정말로 요정나라에 살고 있는 이들의 문제는 그들이 항상 실제 모습으로 보이지는 않는다는 사실이다. 그들은 바로 우리 인간이 입고 싶어 하는 오만과 아름다움의 옷을 입는다. 적어도 인간의 선이나 악을 위해 그들이 행사하는 마법은 부분적으로는 인간의 몸과 마음의 욕망들에 대해 행사할 수 있는 능력이다. 토마스 더 라이머를 바람보다 빠른 우윳빛 백마에 태워 데리고 간 요정나라 여왕the Queen of Elfland은, 매혹적 아름다움의 소유자이기는 하나 귀부인의 모습으로 말을 타고 일든 나무Eildon Tree 옆에 나타났던 것이다. 그런 까닭에 스펜서Edmund Spencer가 자신의 요정나라 기사들을 엘프Elfe라고 호명했을 때, 그는 올바른 전통에 속해 있었다. 이 이름은 말벌의 침으로 무장한 피그위긴

[8] 『사랑에 빠진 자의 고해성사Confessio Amantis』 5권, 7065행 이하.

보다는 기욘 경Sir Guyon(스펜서의 대표작 『요정 여왕The Faerie Queene』의 등장 인물—역자 주) 같은 기사들의 범주에 속해 있었던 것이다.

elves와 fairies를 (완전히 불충분하게) 겨우 건드려만 본 정도지만, 원래 논의 주제인 '요정이야기'에서 멀어졌기에 일단 앞으로 돌아가도록 하겠다. 앞에서 '요정에 관한 이야기'라는 개념이 너무 협소하다는 언급을 한 바 있다.[9] 아주 작은 크기에 관한 문제는 차치하고라도 이 개념은 너무 협소하다. 그 이유는 '요정이야기'라는 말이 통상적 영어 용례로는 요정들fairies or elves에 '관한' 이야기가 아니라, 요정나라Fairy, 곧 요정들이 자신의 존재를 취하는 영역 혹은 상태에 관한 이야기이기 때문이다. 요정나라에는 요정들elves and fays 말고도, 난쟁이나 마녀, 트롤, 거인, 용 말고도 많은 것이 있다. 그 속에는 바다와 해와 달, 하늘이 있고, 대지와 그 안에 거하는 모든 것들, 곧 나무와 새, 물과 돌, 포도주와

[9] 웨일스어나 게일어로 된 이야기 모음집 같은 특별한 경우는 예외로 함. 이들의 경우는 가끔 'Fair Family'(요정을 가리키는 웨일스어 tylwyth teg의 영어 번역—역자 주)나 쉬(Shee, 게일어로 요정—역자 주)에 관한 이야기들이 fairy-tale이란 이름으로 불리며, 다른 신기한 것들에 관한 이야기인 folk-tale과 구별된다. 이 용례에서 fairy-tale이나 fairy-lore는 대개 요정들의 등장 혹은 인간사에 대한 요정들의 개입에 관한 짧은 설명을 가리킨다. 하지만 이 구별은 번역을 하면서 생긴 산물이다.

빵, 그리고 마법에 걸려 있을 때의 우리 자신, 곧 유한한 생명의 인간들이 있다.

실제로 '요정들fairies', 곧 현대 영어로 elves라고 부를 수도 있는 이들을 주로 다루는 스토리는 비교적 드물고, 대체로 크게 재미있지도 않다. 훌륭한 '요정이야기'는 대부분 '위험천만 왕국'이나 그 어둑한 변경에서 벌어지는 인간들의 '모험'에 관한 것이다. 당연히 그럴 수밖에 없는 것이, 만약 요정들이 진짜라면, 또 정말로 요정들에 관한 우리들의 이야기와는 별도로 그들이 존재한다면, 다음의 사실 또한 명백한 진실이기 때문이다. 즉, 요정들은 기본적으로 우리와 관계가 없으며, 우리 또한 그들과 관계가 없다는 사실 말이다. 요정과 우리의 운명은 나뉘어 있으며, 둘의 길은 거의 만나지 않는다. 심지어 요정나라의 경계에서도 우리는 두 길이 우연히 교차하는 어느 지점에서나 겨우 그들을 만날 뿐이다.[10]

그렇다면 요정이야기의 정의definition—요정이야기가 무엇인지 혹은 무엇이 되어야 하는지—는 elf나 fairy에 대한

[10] 이것은 요정들이 인간 의식의 창조물일 뿐이라고 하더라도 사실이며, 진리에 대한 인간의 예지 중 하나를 특정한 방식으로 반영함으로써만 '사실'이다.

어떤 정의나 역사적 설명에 근거하는 것이 아니라, 요정나라의 성격, 곧 위험천만 왕국 그 자체 및 그 나라 위를 흐르고 있는 대기에 근거한다. 나는 요정나라를 정의하려는 시도나 이를 직접 묘사하려는 시도 또한 하지 않을 것이다. 그것은 불가능한 일이다. 요정나라는 말words의 그물로 잡을 수 있는 세계가 아니다. 인지 불가는 아니라 하더라도, 묘사 불가가 요정나라의 특성에 속하기 때문이다. 요정나라는 많은 구성 요소가 있으며, 이를 분석한다고 해서 비밀을 모두 알 수 있는 것도 아니다. 다만 나중에 다른 질문들에 답을 해야 할 때 불완전하나마 요정나라에 대한 내 생각의 일부를 보여 줄 수 있기를 기대한다. 지금으로서는 이렇게만 말하고자 한다. 즉, '요정이야기'는 그 핵심 목표가 풍자나 모험, 도덕, 판타지 그 무엇이든 간에, 요정나라를 언급하는 혹은 요정나라를 이용하는 이야기라는 것이다. 요정나라 자체는 아마도 마법Magic이란 말로 가장 근접하게 해석할 수 있을 것이다.[11] 하지만 이 마법은 특별한 정조와 힘을 지닌 것으로, 열심히 과학을 이용하는 마술사의 저급한 도구들과는 정반대에 있다. 여기서 한 가지 단서가 있

---

[11] 98쪽 추가로 참조.

다. 이야기 속에 혹시 풍자가 들어 있다 하더라도, 마법 그 자체는 웃음거리로 삼으면 안 된다는 점이다. 마법은 스토리 속에서 반드시 진지하게 취급되어야 하며, 절대 웃음거리나 어설픈 해명의 대상이 되어서는 안 된다. 여기서 말하는 진지함에 대해서는 중세의 『가웨인 경과 녹색 기사Sir Gawain and the Green Knight』가 훌륭한 사례를 보여 준다.

그러나 우리가 이렇게 모호하고 불완전하게 정의된 범위만 적용한다 하더라도, 분명한 것은 많은 사람이, 심지어 이런 문제에 대해 알 만한 사람들까지도 fairy-tale이란 말을 무척 함부로 사용해 왔다는 점이다. fairy-story 모음집이라고 주장하는 최근의 책들을 잠깐 살펴보아도, 요정들 이야기나 어떤 식이든 자기 집에 사는 요정들the fair family 이야기, 심지어 난쟁이와 고블린에 대한 이야기도 내용에서 차지하는 비중이 미미하다는 것을 쉽게 알 수 있다. 이는 그러할 것이라 예상한 바이다. 위에서 살펴보았듯이 말이다. 하지만 이 책들 속에는 요정나라Faërie를 전혀 이용하지 않는, 심지어 언급조차 하지 않는 이야기들이 많고, 그런 이야기는 사실 포함될 자격이 전혀 없다.

내가 앞으로 수행할 개념 정리 작업의 한두 가지 사례를 제시하고자 한다. 이 작업은 정의의 부정적 측면을 드러내는 데 일조할 것이며, 또한 결과적으로 두 번째 질문, 곧 요정이야기의 기원은 무엇인가라는 문제로 이어지게 될 것이다.

요정이야기 모음집은 현재 수가 엄청나게 많다. 영어권으로 보면, 아마 책의 인기나 포괄성, 전반적 특장 어느 모로나 앤드루 랭 부부가 공들여 만든 열두 가지 색으로 나온 열두 권의 책과 견줄 만한 것은 없다. 이중 첫 권은 나온 지 50년도 더 지났는데(1889) 지금도 출판되고 있다. 책의 내용 대부분이 검증을 통과했다는 점은 어느 정도 확실한 셈이다. 내용을 분석해 보면 흥미롭겠지만 직접 할 생각은 없고, 다만 지나치기 전에 내가 주목하고자 하는 것은 이 『파랑 요정 책Blue Fairy Book』에 실린 스토리들 중 어느 것도 기본적으로 '요정'에 관한 이야기가 아니며, 또 요정을 언급하는 작품도 거의 없다는 사실이다. 작품의 출전은 대부분 프랑스 쪽인데, 그 당시로는 어떤 점에서 올바른 선택이었고, 이는 아마 여전히 그럴 것이다(하지만 지금이나 어렸을 때나 내 취향은 아니다). 샤를 페로Charles Perrault의 『어미 거위 이야기Contes de ma Mère l'Oye』가 18세기에 처음 영어판으로 나온 뒤로 페로의 영향력은 실로 엄청났고, 『요정의 방Cabinet des Fées』의 거대한 이야기방에서 나온 이야기 중에서 유명세를 타게 된 것들 또한 마찬가지이다. 그래서 내 생각에 지금도 대표적 '요정이야기' 하나를 꼽으라고 하면, 으레 누구나 그 프랑스 이야기들 중 하나를 댈 것이다. 이를테면 「장화 신은 고양이Puss-in-Boots」나 「신데렐라Cinderella」, 아니면 「빨간 모자Little Red Riding Hood」가 그런 작품이고, 어떤 이들은 『그림 형제의 동화Grimm's Fairy Tales』를 먼저 떠올릴지도 모른다.

하지만 『파랑 요정 책』에 「소인국 여행A Voyage to Lilliput」이 수록된 것은 어떻게 이해해야 할까? 이 작품은 요정이야기가 '아니'라는 것이 내 생각이다. 원저자도 그렇게 생각하지 않았거니와, 이 책에 싣기 위해 메이 켄들 양Miss May Kendall이 만든 '축약본'으로 보아도 마찬가지이다. 「소인국 여행」은 이 책에 실릴 이유가 없다. 유감스럽게도 나는 이 작품이 여기 실린 이유는 오로지 소인국 사람들이 키가 작다는 점, 특히 '아주 작은 크기' 때문이라고 생각한다—그 점 말고는 그들이 도대체 주목받을 이유가 없다. 하지만 우리가 사는 세상과 마찬가지로 요정나라에서도 작다는 것은 단지 우연일 뿐이다. 피그미족은 파타고니아 사람들만큼이나 요정들과 가까운 사람들이 아니다. 내가 이 스토리를 빼자고 하는 것은 그 속에 담긴 풍자적 함의 때문이 아니다. 자타 공인 요정이야기에는 지속적이든 간헐적이든 풍자가 들어 있고, 전통 민담 속에는 우리가 현재 이해하지 못할 뿐 풍자가 의도되어 있을 때가 흔하다. 내가 이 스토리를 빼자고 하는 것은, 풍자의 장치가 기발한 발상이긴 하지만 여행기의 범주에 속해 있기 때문이다. 그런 여행기 속에는 신기한 이야기가 많이 들어 있다. 하지만 그 신기한 것들은 모두 인간이 사는 세상, 우리 자신의 시간과 공간으로 구성된 어느 곳에서 찾아볼 수 있는 것들이다. 다만 거리가 멀어서 보이지 않을 뿐이다. 걸리버의 이야기가 자격이 없는 이유는 뮌히하우젠 남작(『허풍선이 남작의 모험』으로 알려진 소설의 주인공—역자 주)의 희한한 이야기가 자격이 없는 것과 마찬가지이며, 『달에 처음 간 사람들』이나 『타임머신』(둘 다 H.G. 웰스의 공상 과학 소설로 아래 엘로이와 몰록은 『타임머신』에 나오는 두 종족—역자 주) 역시 마찬가지이다. 사실 엘로이와 몰록 들의 경우는 소인국 사람들보다 자격이 더 있다고 할 수도 있다. 소인국 사람들은 냉소적으로 말하면, 바로 지붕 꼭대기에서 내려다보면 보이는 사람들에 불과하다. 엘로이와 몰록 들은 마법이 존재할 수 있을 만큼 매우 멀고도 깊은 시간의 심연 속에 살고 있다. 만약 그들이 우리 인간의 후예라면, 고대 잉글랜드의 어느 사상가가 아담에서 시작하여 카인으로 내려오는 족보 속에 윌프ylfe, 곧 요정을 넣어 둔 적이 있다[12]는 사실을 기억해도 괜찮을 것이다. 이 시간의 마법, 특히 긴 시간으로 만들어지는 마법은 바로 그 황당하고 믿을 수 없는 '타임머신'에 의해서만 약화된다. 하지만 우리는 이 사례에서 요정이야기의 경계가 불가피하게 모호해지는 주된 이유 하나를 목격하게 된다. 요정나라의 마법은 그 자체로 목적이 아니며, 그 미덕은 실제 작동 양상에 있는데, 이 양상 중에는 어떤 원시적 인간 욕망들의 충족이 포함되어 있다. 이 욕망들 중의 하나는 공간과 시간의 깊은 내면에 대한 탐구이며, 다른 하나는 (앞으로 보겠지만) 다른 살아 있는 존재들과의 교류이다. 이렇게 하여 한 편의 스토리는 기계나 마법이 작동하거나 혹은 작동하지 않는 방식으로 이 욕망들의 충족을 다루게 되는데, 그 성공 정도에 따라 요정이야기의 특성에 도

12 『베오울프Beowulf』, 111~112행.

달하고 또 그 분위기를 확보하게 될 것이다.

또한 여행기 다음으로 내가 제외하거나 문제가 있다고 보는 것은 신기한 일이 분명히 발생하였을 때 이를 설명하기 위해 '꿈'이라는 장치, 즉 실제로 인간이 수면 중에 꿈을 꾸는 것을 이용하는 모든 스토리이다. 나는 기록된 꿈이 적어도 다른 측면에서는 그 자체로 요정이야기가 된다고 해도, 전체적으로는 심각한 결함이 있는 것으로 규정한다. 마치 좋은 그림이 일그러진 액자 속에 들어 있는 것과 마찬가지이다. 꿈이 요정나라와 무관하지 않다는 것은 사실이다. 꿈에서는 정신의 신비한 힘이 잠금 상태에서 풀려날 수도 있다. 어떤 꿈에서는 인간이 일시적으로 요정나라의 힘을 행사할 수도 있고, 그 힘은 이야기를 잉태하는 바로 그 순간 우리 눈앞에 살아 있는 형체와 색채가 나타나게 만드는 힘이다. 사실 실제의 꿈은—꿈을 꾸는 동안에는—이따금 거의 요정 식의 편안함과 솜씨가 느껴지는 요정이야기일 수도 있다. 하지만 꿈에서 깬 작가가 자신의 이야기가 꿈속에서 상상했던 어떤 것일 뿐이라고 말한다면, 그는 요정나라의 핵심에 있는 원시적 욕망, 즉 인식하는 정신과는 무관한 상상 속 경이의 실현을 의도적으로 기만하는 것이다. 요정들에 대하여, (진실인지 거짓말인지 알 수 없으나) 그들이 환상의 수행자들이라거나 '판타지'로 인간을 기만하는 자들이라는 이야기는 자주 있다. 하지만 그것은 전혀 다른 문제이다. 그것은 그들이 하는 일이다. 말하자면 그와 같은 속임수는 요정들 자신이 환상의 산물이 아닌 이야기들 속에서 발생한다. 판타지의 이면에는 진정한 의지와 힘 들이 인간의 정신과 목적 들과는 무관하게 존재하기 때문이다.

어쨌든 하급의 혹은 저급한 목적을 위해 이 형식을 이용하는 것과 구별하여, 진정한 요정이야기의 필수 요건은 꿈이 '진실한' 것으로 제시되어야 한다는 점이다. 여기서 '진실한'이란 말이 무슨 뜻인지는 잠시 뒤에 살펴보고자 한다. 하지만 요정이야기는 '신기한 것'을 다루기 때문에, 신기한 것들이 나오는 이야기 전체가 허구이거나 환상이라는 암시를 주는 틀이나 장치를 용인할 수는 없다. 물론 이야기 자체가 워낙 훌륭해서 틀을 무시할 수는 있다. 혹은 이야기가 한편의 '꿈 이야기'로 성공할 수도 있고 또 재미있을 수도 있다. 꿈을 틀로 사용하고 꿈으로의 전환이 이루어지는 루이스 캐럴의 『앨리스Alice』에 나오는 스토리들이 여기에 해당하는데 이것 (및 다른 이유) 때문에 그 스토리들은 요정이

야기가 아니다.[13]

신기한 이야기에 속하지만 '요정이야기'라는 이름을 붙일 수 없는 유형이 또 하나 있는데, (다시 한번 분명히 말하지만 이는 내가 이 유형을 좋아하지 않기 때문이 아니다) 바로 순수 '동물 우화'의 경우이다. 랭의 요정 책에 실린 작품인 「원숭이의 심장Monkey's Heart」을 예로 들어 보자. 『라일락 요정 책』에 실린 스와힐리족의 이야기이다. 이 스토리에는 못된 상어 한 마리가 원숭이를 꾀어 등에 태우고 자기 나라로 가는데, 중간쯤 가다가 자기 나라 술탄이 병에 걸려서 병을 고치려면 원숭이 심장이 필요하다는 이야기를 털어놓는다. 하지만 상어보다 꾀가 많은 원숭이는, 심장을 빼서 주머니에 넣어 나무에 매달아 놓고 왔다며 집에 다녀오자고 그를 설득한다.

물론 동물 우화는 요정이야기와 관련이 있다. 짐승과 새와 다른 종족들은 진정한 요정이야기에서는 대체로 사람처럼 말을 한다. 이 신기한 일은 어느 정도는 (대체로 미미하지만) 요정나라의 중심부 근처에 있는 원시적 '욕망들' 중의 하나, 곧 살아 있는 다른 존재들과의 소통을 원하는 인간의

[13] 뒤의 주석 A 참조(132쪽).

욕망에서 비롯되었다. 하지만 독립된 갈래로 발전한 동물 우화에 나오는 짐승들의 대화는 이 욕망에 대해 거의 언급이 없으며, 대개 이를 완전히 망각하고 있다. 인간이 새와 짐승과 나무 들이 쓰는 언어를 마법처럼 이해한다는 사실, 이 점은 요정나라의 진정한 목적에 훨씬 근접해 있다. 하지만 인간과 전혀 관계없는 이야기나, 동물이 주인공 역할을 하고 인간은 나오기는 해도 겨우 보조적일 뿐인 이야기, 그리고 무엇보다도 동물의 형상이 기껏 인간의 얼굴에 씌워진 가면, 곧 풍자가나 설교자의 도구에 불과한 이야기는 요정이야기가 아니라 동물 우화에 해당한다. 「여우 르나르Reynard the Fox」나 「신부의 이야기The Nun's Priest's Tale」, 「토끼 브레어Brer Rabbit」, 아니면 「아기 돼지 삼형제The Three Little Pigs」까지 모두 마찬가지이다. 베아트릭스 포터의 스토리들은 요정나라 경계선 근처에 있지만, 대부분은 바깥에 있다는 것이 내 생각이다.[14] 이 이야기들이 요정나라에 근접하는 경우는 대체로 그 속에 담긴 강력한 도덕적 요소 때문인데, 이 말은 그 작품들에 내재한 도덕성이 있다는 뜻으

[14] 「글로스터의 재봉사The Tailor of Gloucester」가 아마도 가장 근접한 것 같다. 「티기윙클 부인 이야기Mrs. Tiggywinkle」는 꿈 해몽 암시가 없었더라면 근접했다고 볼 수 있을 것이다. 「버드나무에 부는 바람The Wind in the Willows」도 동물 우화에 넣는 것이 좋겠다.

로, 무슨 알레고리적 '함의'가 그 속에 있다는 뜻은 아니다. 하지만 『피터 래빗Peter Rabbit』은 작품 속에 금제禁制가 있고, 또 요정나라에도 금제들이 있지만(아마 우주 전체로는 모든 면에서, 모든 차원에서 다 그럴 것이다), 그럼에도 동물 우화에 속한다.

다시 돌아와 「원숭이의 심장」 역시 명백히 동물 우화일 뿐이다. 내 짐작으로는 이 작품이 '요정 책'에 포함된 것은 특히 이야기가 재미있어서라기보다는 심장을 주머니에 넣어 두고 왔다는 설정 때문이다. 이 희한한 발상은 여기서는 우스개로만 쓰고 있지만, 민속 연구자인 랭에게는 중요한 것이었다. 왜냐하면 이 이야기에서 원숭이의 심장은 사실 완전히 멀쩡하게 그의 가슴 속에 들어 있었기 때문이다. 그럼에도 이 이야기는 널리 알려진 옛날 민속의 발상을 순전히 2차적으로 이용한 것일 뿐으로, 이는 요정이야기들에서 실제로 벌어지는 일이다.[15] 이 발상은 인간이나 짐승의 목숨이나 힘이 어떤 다른 장소나 물건 속에 들어 있을 수

---

15 다음 작품들. 데이슨트George Webbe Dasent의 『북구의 설화』에 수록된 「심장이 없었던 거인The Giant that had no Heart」이나, 캠벨의 『서부 고지대의 설화』(4권, 또 1권도 참조)에 수록된 「인어공주The Sea-Maiden」, 약간 거리가 있지만 그림의 「수정 구슬Die Kristallkugel」.

있다는 것인데, 분리가 가능한 신체의 일부(특히 심장)일 수도 있어서 그럴 때면 주머니 속이나 바위 밑, 혹은 알 속에 숨겨 두는 것으로 나온다. 민속사 기록의 한쪽 끝에서는 조지 맥도널드가 이 발상을 자신의 동화 「거인의 심장Giant's Heart」에 사용하고 있으며, 이 작품은 (기타 많은 세부 사항뿐만 아니라) 이 중심 모티프를 유명한 전통 이야기들에서 가져오고 있다. 다른 한쪽 끝에서는, 사실 아마 기록으로 남은 가장 오래된 이야기 중의 하나로 볼 수 있는 작품으로, 이집트의 도르시니 파피루스에 쓰인 「두 형제 이야기The Tale of the Two Brothers」에도 그 발상이 등장한다. 여기서는 동생이 형에게 이렇게 말한다.

> "내 심장에 마법을 걸어 삼나무꽃 꼭대기에 올려놓을 거야. 그래서 삼나무가 베어지면 내 심장이 땅바닥에 떨어질 거야. 그러면 형이 그걸 찾으러 와 줘. 그걸 찾는 데 7년이나 걸린다고 해도 말이야. 하지만 형이 찾고 나면, 그걸 찬물을 담은 꽃병 속에 넣어 줘. 그러면 난 틀림없이 살아날 거야."[16]

[16] 벗지E. A. Wallis Budge, 『이집트 독본』, 21쪽.

하지만 이 흥미로운 지점에서, 또 이런 이야기들을 비교하고 나면 우리는 두 번째 질문 근처로 다가간다. '요정이야기'의 기원은 무엇인가? 물론 이것은 요정적 요소의 기원 혹은 기원들이어야 한다. 스토리의 기원이 무엇인지 묻는 것은 (아무리 제한을 둔다 해도) 언어와 생각의 기원을 묻는 것이다.

기 원

사실 '요정적 요소의 기원은 무엇인가?'라는 질문이 나오면 우리는 결국 동일한 근본적 질문에 이른다. 하지만 요정이야기에는 이 핵심 질문을 건드리지 않고 연구할 수 있는 (가령 이렇게 분리 가능한 심장이나 백조의 옷, 마법의 반지, 자의적 금제, 나쁜 계모, 심지어 바로 그 요정까지) 많은 요소가 있다. 그러나 그 같은 연구는 (적어도 의도에 있어서는) 학문에 속한다. 민속학자나 인류학자 들의 탐구 대상이기 때문이다. 다시 말해 이들은 스토리를 스토리 고유의 목적에 따라 이용하는 것이 아니라, 자신들의 관심사에 관한 증거나 정보를 캐내기 위한 채석장으로 이용하는 사람들이다. 그 자체로 완벽하게 합법적인 작업이지만—그들의 연구는 (전달된 이야기 전체로서) 한 편의 스토리의 본질에 대한 무지나 망각으로 인해 이상한 판단에 이를 때가 자주 있었다. 이런 유형의 연구자들에게는 (이 심장 문제 같은) 동일한 요소의 반복은 대단히 중요한 것으로 간주된다. 그 엄청난 중요성 때문에 민속 연구자들은 자신들의 고유한 경로에서 이탈하거나, 오해의 소지가 있는 '속기速記'로 의견을 피력하는 경향이 있으며, 그 의견이 그들의 논문을 벗어나 문학 관련 저작으로 들어가는 경우 특히 오해를 낳을 소지가 있다. 그들은 특정한 두 편의 스토리가 동일한 민속 모티프를 중심으로 만들어지거나, 혹은 전반적으로 그와 같은 모티프들의 유사한 결합으로 구성되는 경우, 이를 '같은 스토리'라고 말하는 경향이 있다. 우리가 알고 있는 사례로 '『베오울프』는 「땅속 난쟁이Dat Erdmänneken」의 이본異本에 불과하다'거나, '「노로웨이의 검은 황소The Black Bull of Norroway」가 「미녀와 야수Beauty and the Beast」'이거나 아니면 '「에로스와 프시케Eros and Psyche」와 같은 스토리'라거나, 북구의 「하녀 두목Mastermaid」(혹은 게일어로는 「새들의 싸움Battle of the Birds」[17] 및

[17] 앞서 언급된 캠벨 책 1권 참조.

이 스토리의 많은 변종과 이종)이 '그리스의 이아손과 메데이아 이야기와 같은 스토리'라는 주장이 있다.

이런 식의 진술은 (과도한 축약을 통해) 약간의 진실을 담을 수는 있지만, 요정이야기의 개념으로는 진실이 아니며, 또한 예술이나 문학으로도 진실이 아니다. 엄밀히 말해 정말로 중요한 것은 한 편의 스토리가 지닌 색조와 분위기, 구분이 어려운 각각의 세부 사항 및 무엇보다도 줄거리의 온전한 골격을 생생하게 전해 주는 전체적 취지이다. 셰익스피어의 『리어 왕』은 레이어먼Layamon이 「브럿Brut」에 쓴 스토리와 같은 이야기가 아니다. 극단의 사례인 「빨간 모자」를 보자. 이 스토리를 고쳐 쓴 버전들에는 소녀가 나무꾼의 도움으로 구출되는데, 이들이 바로 소녀가 늑대에게 잡아먹히는 페로의 스토리에서 나왔다는 사실은 2차 관심사일 뿐이다. 정말로 중요한 것은 후기의 버전은 행복한 결말(대체로는, 그리고 우리가 할머니를 너무 애도하지만 않는다면)로 끝나고, 페로의 버전은 그렇지가 않다는 점이다. 이 점은 대단히 근본적인 차이이며, 이는 나중에 더 거론하기로 한다.

물론 '이야기의 나무'에 달린 가지들이 뒤엉켜 옹이가 나고 또 분기分岐하는 역사를 해결하고 싶은 욕망이 얼마나 매혹적인지는, 나도 강하게 느끼기 때문에 부인하지 않는다. 이 욕망은 언어라는 복잡하게 얽힌 실타래를 다루는 문헌학자들의 연구와 밀접한 관련이 있고 여기에 대해서는 나도 어느 정도 아는 바가 있다. 하지만 언어와 관련해서도, 나는 특정 언어가 살아 있는 어느 한 순간에 보여 주는 본질적 특성과 성질을 포착하는 것이 훨씬 더 중요하며, 또한 이를 분명하게 밝혀내는 것이 그 언어의 단선적 역사를 밝히는 것보다 더 어렵다고 생각한다. 따라서 요정이야기와 관련해서도 그것이 무엇인지, 우리에게 어떤 의미를 지니게 되었는지, 시간이라는 긴 연금술의 과정을 통해 그 속에 어떤 가치들이 만들어졌는지를 검토하는 것이 더 흥미롭고 또한 그 자체로 더 어렵다는 생각이 든다. 데이슨트의 표현을 빌려 이렇게 말하는 게 낫겠다. "우리는 앞에 놓인 수프에 만족해야지, 수프에 재료로 넣은 소뼈를 보려고 해서는 안 된다."[18] 물론 흥미롭게도 데이슨트가 여기서 말한 '수프'는 비교문헌학의 초기 추정들에 근거한 뒤죽박죽 상태의 엉터리 초기 단계를 가리키고, '소뼈를 보려고 한다'는 것은 이 이론들에 이르기까지의 작업 과정과 증거 들

[18] 『북구의 설화』, 18쪽.

을 보고자 하는 요구를 의미했다. 나는 여기서 '수프'를 작가나 이야기꾼이 내놓은 스토리로, '뼈'는 그 원료나 재료를 가리키는 것으로 사용하고자 하며 이는 (드물게 운이 좋아서) 원료나 재료를 분명하게 발견할 수 있을 때도 마찬가지이다. 하지만 수프를 수프 그 자체로 평가하는 일을 하지 말자는 뜻은 물론 아니다.

따라서 나는 기원에 관한 질문은 가볍게 넘어가고자 한다. 나 자신이 공부가 너무 부족해서 이 문제를 달리 처리할 묘안은 없고, 다만 내가 목표로 제시한 세 가지 질문 중에서 이 질문은 중요도가 가장 낮은 것이 사실이므로 몇 가지 언급이면 충분할 것으로 본다. (넓은 의미든 좁은 의미든) 요정이야기가 아주 오래된 것이라는 점은 분명하다. 관련된 내용들이 아주 초기의 기록에 등장하고, 또한 언어가 있는 곳은 어디서나 보편적으로 발견된다. 따라서 우리는 고고학자나 비교문헌학자들이 맞닥뜨리는 문제의 한 변이형을 필연적으로 만나게 된다. 즉, 비슷한 이야기를 만나면 그것이 '독립적 발전independent evolution'(혹은 '창조invention') 인지, 아니면 공통의 조상에서 비롯된 '계승inheritance'인지, 아니면 여러 시기에 걸쳐 하나 이상의 중심에서 시작된 '확산diffusion'인지 따지는 논쟁이다. 논쟁은 대개 (어느 한쪽이나, 양쪽 모두에 의한) 과도한 단순화 시도에 달려 있고, 이 논쟁 또한 예외라고 보지 않는다. 요정이야기의 역사는 아마 인류의 물질적 역사보다 더 복잡하고, 인류 언어의 역사만큼이나 복잡할 것이다. 독립적 발전과 계승, 확산, 세 가지 모두 '스토리'라는 복잡하게 얽힌 거미줄을 만드는 데 일조한 것은 분명하다. 이 수수께끼의 해결은 이제 요정들의 기술 말고는 어떤 기술로도 불가능하다.[19] 이 셋 중에서 '창조'는 가장 중요하고 근본적이며, 그래서 또한 (놀랄 일도 아니지만) 가장 신비로운 것이다. 다른 두 가지는 궁극적으로 창조자, 곧 이야기를 만든 이로 귀결되게 마련이다. 인공물이든 스토리든 (공간에서의 차용을 의미하는) '확산'은 기원의 문제를 다른 곳으로 옮겨 놓을 뿐이다. 확산의 시발점으로 추정되는 중심부에 가면 그 옛날 창조자가 살았던 곳

[19] 특별히 운이 좋은 경우나 간혹 존재하는 소수의 세부 사항은 예외이다. 사실 '실 한 가닥'—사건, 이름, 동기—에 담긴 수수께끼를 푸는 것이 여러 가닥으로 규정된 어떤 '그림'의 역사를 추적하는 것보다 쉽다. 왜냐하면 양탄자에 새 그림이 하나 들어온다는 것은 새로운 요소가 하나 들어온다는 뜻이며, 그림은 이를 구성하는 여러 가닥의 총합보다 더 거대하고 또 그 총합으로 설명할 수도 없기 때문이다. 바로 거기에 분석적(혹은 '과학적') 방법의 근본적 약점이 있다. 이 방법은 스토리 속에 벌어지는 사건들에 대해 많은 설명을 해 주지만, 이들이 개개의 스토리에 끼치는 영향에 대해서는 거의 말해 주는 것이 없다.

이 있다. (시간에서의 차용을 의미하는) '계승'도 마찬가지인데, 이 방식을 따라 우리가 마침내 당도하는 곳은 창조자인 조상일 뿐이다. 가끔 유사한 생각과 주제 혹은 장치 들을 사용하는 독자적 발상이 있었다고 믿는다면, 이는 창조자인 조상의 수를 늘리는 것일 뿐 그의 재능을 더 분명하게 이해한다는 뜻은 아니다.

문헌학은 이 특별 조사위원회에서 한때 누리고 있던 높은 자리에서 내려온 상태이다. 신화를 '언어의 질병'으로 간주하는 막스 뮐러Max Müller의 견해는 유감없이 폐기할 수 있다. 신화도 모든 인간사와 마찬가지로 질병에 걸릴 수는 있지만, 결코 질병은 아니다. 차라리 생각이 마음의 질병이라고 하는 것이 나을 것이다. 언어, 특히 현대의 유럽 언어들이 신화의 질병이라고 말하는 것이 진실에 더 근접할지도 모른다. 그럼에도 '언어'를 무시할 수는 없다. 육화肉化된 생각, 곧 언어와 이야기는 우리의 세계에서는 시작점이 같다. 일반화와 추상의 능력을 갖춘 인간의 의식은 '푸른 풀green-grass'을 다른 사물과 구별하여 (또 보기에 아름다운 것으로) 인지할 뿐만 아니라, 그것이 '풀'인 동시에 '푸르다'는 것도 알아차린다. 하지만 그와 같은 생각을 끌어낸 능력의 입장에서, 형용사의 발명은 얼마나 강력하고 또 자극적이었을까. 요정나라의 어떤 마법이나 주문呪文도 그보다 더 강력할 수는 없을 것이다. 그런데 이는 놀랄 만한 일이 아니다. 사실 그와 같은 주문은 다만 형용사에 대한 또 하나의 관점, 곧 신화적 문법으로 만든 담화의 일부라고 칭할 수 있기 때문이다. '가벼운, 무거운, 잿빛의, 누런, 가만히 있는, 빠른' 등을 생각해 낸 의식은, 무거운 물건을 가볍게 하여 날아갈 수 있게 하고, 잿빛의 납을 누런 황금으로, 가만히 있는 바위를 빠른 물살로 바꾸는 마법 또한 창안해냈던 것이다. 우리의 의식이 전자를 해낼 수 있다면, 후자 또한 해낼 수 있는 셈이며, 결국은 양쪽 모두를 해내고 말았던 것이다. 우리가 풀에서 푸른색을, 하늘에서 파란색을, 피에서 붉은색을 뽑아낼 수 있을 때, 우리는—하나의 차원에서는—이미 마법사의 능력을 지니고 있는 셈이다. 그리고 그 능력을 우리 의식의 바깥 세계에서 휘둘러 보고자 하는 욕망이 솟아난다. 그렇다고 우리가 그 능력을 어느 차원에서나 좋게 쓸 것이라는 뜻은 아니다. 우리는 사람의 얼굴에 죽음과도 같은 푸른색을 칠해 공포를 자아낼 수도 있고, 보기 드물게 끔찍한 파란색 달이 빛나게 할 수도 있으며,

숲이 은빛 나뭇잎을 쓰고 솟아오르고 양들이 황금 양털을 덮어쓰게 할 수도 있으며, 냉룡의 배 속에 뜨거운 불을 던져 넣을 수도 있다. 하지만 이른바 '판타지'라고 하는 그런 이야기 속에서 새로운 형체가 만들어진다. 요정나라가 시작되고, 인간은 하위 창조자가 되는 것이다.

그런 점에서 요정나라의 본질적 힘은 의지력을 발휘하여 '판타지'의 비전이 즉각 효력을 발휘하도록 만드는 힘이다. 모든 비전이 다 아름답거나 심지어 건전한 것도 아니며, 적어도 타락한 인간의 판타지는 그렇지 않다. 타락한 인간은 (실제로든 이야기에서든) 이 힘을 지니고 있는 요정들을 자기 자신의 얼룩으로 오염시켜 왔다. 나는 '신화'의 이러한 측면—세상의 아름다운 것들과 공포스러운 것들에 대한 재현이나 상징적 해석이 아닌 하위 창조로서의 특성—이 너무 간과되고 있다고 생각한다. 올림포스산이 아니라 요정나라이기 때문에 그런 것인가? '고급 신화'가 아니라 '하급 신화'에 속한다고 생각되기 때문에 그런 것인가? 이러한 것들의 관계 및 '민간 설화'와 '신화'의 관계에 대한 많은 논쟁이 있었다. 하지만 논쟁이 없었다 하더라도 기원에 관해 검토할 때는, 간단하게라도 이 문제를 약간 주목할 필요가 있을 것이다.

그 모든 것이 '자연 신화'에서 비롯되었다는 주장이 절대적일 때가 있었다. 올림포스의 신들은 태양과 새벽, 밤 등등이 '의인화된 존재'로, 그들을 다룬 모든 스토리는 원래 더 거대한 자연계의 변화와 운행 과정에 대한 '신화'라는 것이었다('알레고리'가 더 어울리는 단어였을 것이다). 그런 뒤 서사시와 영웅담, 대하 영웅전을 통해 이 스토리들은 실제의 지리 속에 자리를 잡았고, 인간보다 더 막강하지만 이미 인간이었던 선대의 영웅들과 연결되면서 스토리들의 인간화가 이루어졌다. 그리고 최종적으로 이 전설들은 점점 축소되어 민간 설화나 동화Märchen, 요정이야기, 그리고 옛날이야기가 되었던 것이다.

이 주장은 거의 뒤집어진 진실로 보일 수도 있다. 이른바 '자연 신화' 혹은 자연의 거대한 운행 과정에 대한 알레고리는 그 가상의 원형과 거리가 가까울수록 흥미는 더 떨어지고, 또 사실 세계에 대해 무언가 깨달음을 줄 수 있는 신화로서도 성격이 약해진다. 일단 이 이론이 암시하는 대로 신화의 '신'들에 상응하는 무엇이 실제로 존재하지 않는다고 가정해 보자. 즉, 인격체라고 할 만한 것은 없고, 천문이나 기상에 속하는 사물만 있는 것이다. 그렇다면 이 자연계의 사물이 인격적 의미나 영광을 취하고 배치될 수 있는 것은 오직 하나의 재능, 곧 한 개인, 한 인간의 재능에 의해서이다. 인격은 오로지 한 개인에게서만 나올 수 있기 때문이다. 신들은 그들의 색조와 아름다움을 자연의 고귀한 광휘에서 끌어낼 수 있겠지만, 그들에게 광휘를 얻어 주고 해와 달과 구름에서 그들을 추출해 낸 것은 바로 '인간'이었다. 바로 인간에게서 신들은 자신의 인격을 얻어 내는 것이다. 신들은 자신에게 허여된 신성의 그림자나 기미를 인간을 통해서 보이지 않는 세계, 곧 '초자연'으로부터 얻어 낸다. 고급 신화와 하급 신화 사이에는 아무런 근본적 차이가 없다. 그 속에 종족이 살아 존재한다면, 그들은 인간 세상의 제왕이나 농사꾼들이 그렇듯 똑같은 생명을 가지고 살아 있을 따름이다.

올림포스식 자연 신화의 명백한 사례로 보이는 북유럽의 신 토르Thórr를 살펴보자. 그의 이름은 천둥이고, 토르는 천둥의 노르드어 표기이다. 그의 망치 미욀니르Miöllnir를 번개로 해석하는 것은 어려운 일이 아니다. 하지만 토르는 (최근까지 우리 기록에 따르면) 그의 붉은 수염과 큰 목소리, 거친 성격, 덤벙대면서도 화끈한 위력 같은 몇 가지 세부 사항은 말하자면 천둥이나 번개 등의 자연 현상과 관련이 있다고 할 수 있으나, 이들 자연 현상에서 찾아볼 수 없는 매우 뚜렷한 특성 혹은 개성 또한 지니고 있다. 그럼에도 우리가 다음과 같이 묻는다면 그 질문은 별다른 의미를 지니지 못한다. 즉, 다음 중 무엇이 먼저였을까? 바위와 나무를 박살 내는 산속의 의인화된 천둥에 관한 자연 알레고리일까, 아니면 급한 성격에 그리 똑똑하지도 않고 붉은 수염을 한 보통 이상의 힘을 지닌 농부에 관한 이야기일까? 토르를 특별히 좋아했던 향사鄕士bœndr들, 곧 북유럽의 농부들과 (키만 제외하고 모든 점에서) 아주 닮은 사람 말이다. 토르는 그와 같은 사람의 모습으로 '축소되어' 갔다고 볼 수도 있고, 아니면 거기서 시작하여 신으로 확대되었다고 볼 수도 있다. 하지만 나는 어느 한쪽이 옳다는 생각에 의문이 있다. 그 자체로도 옳지 않거니와, 이들 중의 하나가 다른 하나에 선행한다고 주장한다면 그것도 옳지 않다. 천둥이 목소리와 얼굴을 얻는 바로 그 순간 농부가 불쑥 나타났다고, 다시 말해 농부가 화내는 소리를 이야기꾼이 들을 때마다 멀리 산속에서 천둥이 우르릉거리는 소리가 들렸다고 가정하는 편이 더 합리적이다.

물론 토르는 신화 세계에서 상위 귀족의 일원으로 간주되어야 한다. 세상을 지배하는 자들 중의 하나이기 때문이다. 하지만 (『고 에다Elder Edda』에서) 「쓰림의 노래Thrymskvitha」에 나오는 토르의 이야기는 바로 명백한 요정이야기에 해당한다. 이 작품은 노르드 시편으로 보자면 오래되기는 했지만, 아주 오래되지는 않았다(이 경우는 아마 서기 900년 혹은 약간 이전). 하지만 이 이야기가 적어도 질적 측면에서 '원시적이지 않다'고 추정할 만한 실질적 근거는 없다. 다시 말해 이 이야기는 민간 설화 유형에 속하며, 크게 고상한 티를 내지 않기 때문이다. 우리가 만약 과거로 시간을 거슬러 올라간다면, 요정이야기가 세부 사항에서 변화가 있거나 다른 이야기에 자리를 내주는 것으로 드러날지도 모른다. 그러나 토르 같은 존재가 있는 한, 언제나 '동화fairy-tale'는 있을 것이다. 동화가 멈추면, 그곳에는 인간의 귀로는 아직 들어 본 적이 없는 천둥소리만 남을 것이다.

때때로 신화에는 정말로 '상위'에 해당하는 무언가가 얼핏 보인다. 신성神性이나 (힘의 소유와 구별되는) 힘을 누릴 자격, 합당한 숭배 등 사실 '종교'라고 할 만한 것들이다. 앤드루 랭은 다음과 같은 말을 한 적이 있는데, 이를 여전히 높게 평가하는 이들이 있다.[20] 즉, 신화 자체는 거의 종교적 의미가 없지만, 신화와 (엄격한 의미에서) 종교는 떼려야 뗄 수 없이 복잡하게 얽힌 두 가지 별개의 존재라는 것이다.[21]

하지만 이들은 사실 서로 복잡하게 얽혀 있거나, 아니면 오래전에 분리된 뒤로 오류의 미로 속을, 혼란 속을 천천히 더듬어 가며 재결합하는 쪽으로 돌아가는 중일 수 있다. 심지어 요정이야기도 전체적으로는 세 개의 얼굴이 있다. 초자연을 향해서는 신비주의의, 자연을 향해서는 마법의, 그리고 인간을 향해서는 경멸과 연민의 거울이라는 얼굴이다. 요정나라의 핵심 얼굴은 두 번째인 마법의 얼굴이다. 다른 두 얼굴이 (혹시라도) 나타난다면 그 정도는 서로 다를 수 있고 이는 각 이야기꾼에 의해 결정될 것이다. 마법적인 것, 곧 요정이야기는 『인간의 거울Mirour de l'Omme』(영국 중

[20] 이를테면, 크리스토퍼 도슨의 『발전과 종교Progress and Religion』.

[21] 이 점은 '원시' 종족들, 곧 여전히 물려받은 이교도 신앙으로 살아가는, 말하자면 문명화되지 않은 종족들에 대한 보다 섬세하고 우호적인 연구에서 입증된다. 성급하게 조사하면 그들의 보다 기이한 이야기들만 보이지만, 좀 더 자세히 살펴보면 우주론적 신화들이 발견된다. 오로지 인내심과 내면의 지식이 있어야 그들의 철학과 종교를 발견할 수 있다. 즉, 진정으로 숭배하는 대상이 무엇인지 알 수 있는데, 물론 '신들'이 반드시 그 대상의 구체화일 필요는 없고 또 숭배의 정도도 서로 같지 않을 뿐이다(보통 각 개인이 결정함).

세 시인 존 가우어의 장시로 인간의 구원을 다룸—역자 주)로 이용될 수도 있고, (그리 쉬운 일은 아니지만) 미스터리의 도구가 될 수도 있다. 조지 맥도널드의 시도는 최소한 이것으로 볼 수 있는데, 그는 (스스로 동화라고 불렀던) 『황금 열쇠The Golden Key』처럼 성공을 거둘 때나, 심지어 (스스로 로맨스라고 분류했던) 『릴리스Lilith』처럼 부분적으로 실패했을 때도, 힘과 아름다움이 있는 스토리들을 만들어 냈다.

잠시 앞에서 말한 '수프' 이야기로 되돌아가기로 하자. 스토리의 역사, 특히 요정이야기의 역사와 관련하여, 우리는 '수프 솥', 곧 '스토리의 가마솥'은 항상 끓고 있고, 그 속에 계속해서 맛있거나 맛없는 것들이 새로 첨가된다고 말할 수 있다. 사소한 예를 하나 들면, 「거위 치는 소녀The Gänsemagd」(그림 동화의 「Die Gänsemagd」)로 알려진 이야기와 유사한 스토리가 13세기에 샤를마뉴의 어머니인 버사 브로드풋Bertha Broadfoot 이야기로 존재했는데, 이 점은 위에서 말한 이유로 사실 다음 어느 쪽 주장도 입증해 주지 못한다. 즉, 이 스토리가 (13세기에는) 올림포스나 아스가르드(북유럽 신화에서 신들의 땅—역자 주)에서 내려와 이미 전설이 된 고대의 왕을 경유하여 가정동화Hausmärchen(그림 형제의 동화를 가리킴—역자 주)로 변해 가는 과정에 있다고 볼 수도 없고, 또 거꾸로 올라가는 쪽이라고 할 수도 없다는 것이다. 이 스토리는 샤를마뉴의 어머니나 다른 역사 속 인물과는 무관하게 널리 퍼져 있는 이야기로 보인다. 물론 이는 어느 두 스토리가 유사할 때 가장 일반적으로 행하는 추론이지만, 위의 사실 자체만으로 샤를마뉴 어머니의 이야기가 실제로 그러하지 않았노라 추정할 수는 없다. 이 스토리가 버사 브로드풋의 이야기가 아니라는 주장을 하려면 그 밖에 다른 근거가 있어야 한다. 즉, 비평가의 철학으로 볼 때 스토리의 특성 중에 '실제 생활'에서 있었을 법하다고 인정할 수 없는 무엇이 있어야 하는 것이다. 그래야 그 이야기가 다른 곳에서 발견되지 않았다 하더라도, 그 이야기를 확실하게 믿지 않게 될 것이다. 아니면 버사가 실제로 전혀 다른 삶을 살았다는 확실한 역사적 근거가 있어야 한다. 그래야만 비평가는 본인의 철학으로는 '실제 생활'에서 완벽히 있었을 법하다고 인정하면서도 그 이야기를 믿지 않게 될 것이다. 가령 캔터베리 대주교가 바나나 껍질에 미끄러졌다는 스토리가 있다면, 나는 이와 비슷한 우스꽝스러운 사고를 많은 사람들이, 특히 품위 있는 노신사들이

당한 적이 있다는 바로 그 이유만으로, 그것을 믿지 않는 사람은 없을 것이라고 생각한다. 만약에 이 스토리에서 어떤 천사가(혹은 심지어 요정이) 대주교에게 나타나 금요일에 각반을 하면 미끄러질 것이라고 경고한 대목을 발견한다면 비평가는 이 스토리를 믿지 않을지도 모른다. 만약 그 사고가 가령 1940년과 1945년 사이에 발생한 것으로 서술되어 있다면, 그는 역시 이 스토리를 믿지 않을 것이다. 이 이야기는 이쯤 하기로 하자. 이 점은 확실한 이야기이고, 전에도 한 적이 있다. 하지만 (현재 글의 목적에서 약간 벗어나는데도) 새삼스레 이야기를 꺼내는 것은 이야기의 기원에 관심 있는 이들이 이 점을 항상 무시하고 있기 때문이다.

하지만 바나나 껍질은 어떻게 되는가? 우리와 바나나 껍질의 관계는 사실 그것이 역사가들에게 거부당했을 때만 시작된다. 그것이 폐기되고 나면 더 유용해진다. 역사가는 확실한 근거를 가지고 '거위 치는 소녀 동화가 버사에게 붙어 버렸다'고 말하는 것처럼, 바나나 껍질 스토리가 '대주교에게 붙어 버렸다'고 말할 개연성이 높다. 그런 식의 처리는 흔히 '역사'라고 알려진 세계에서는 하등 해로울 것이 없다. 그러나 스토리 만들기의 역사에서 현재 진행되고 있는, 그리고 지금까지 진행되어 온 작업에 대해서는 과연 온당한 설명인가? 나는 그렇다고 생각하지 않는다. 내 생각에는 대주교가 바나나 껍질에 붙어 버렸다고 하거나, 아니면 버사가 거위 치는 소녀로 변했다고 말하는 것이 진실에 더 부합한다. 더 바르게 표현하자면, 샤를마뉴의 어머니와 대주교가 '솥' 안, 정확하게는 '수프' 안으로 들어갔다고 말해야 할 것이다. 그들은 바로 육수 안에 새로 들어간 재료였다. 엄청난 영광이다. 왜냐하면 그 수프 안에는 (그저 역사 속 인물로만 거론되는) 그들 자신보다 더 오래되고, 더 막강하며, 더 아름답고 희극적이고 무시무시한 많은 것이 들어 있었기 때문이다.

한때 (어쩌면 그리 대단히 중요하지는 않은) 역사적 인물이었던 아서 왕 역시 솥 안에 들어간 것이 꽤 확실한 것 같다. 그는 그 안에서 오랫동안 끓여져, 신화와 요정나라의 더 오래된 다른 많은 인물과 장치도 그 속에 함께 있었고 심지어 역사 속에서 길을 잃은 다른 뼈들(이를테면 데인족에 맞선 알프레드 왕의 저항)도 몇몇 있었는데, 그런 가운데서 요정나라의 왕으로 부상하였던 것이다. 이 상황은 고대 잉글랜드 전승에서 '쉴딩족Scyldingas'으로 불리는 덴마크의 방패왕들이 거하던 장엄한 북부의 '아서식' 궁정에서도 비슷하다. 흐로스가르 왕King Hrothgar과 그의 가문은 역사적으로 실재했다는 분명한 흔적을 많이 가지고 있고, 이 흔적은 아서 왕보다 훨씬 많다. 그런데 (영어로 쓰인) 그들에 관한 더 옛날 자료에서도 그들은 요정이야기의 많은 인물 및 사건과 연결되어 있다. 그들도 솥 안에 들어가 있는 것이다. 하지만 나는 잉글랜드에서는 거의 알려지지 않았으면서도, 영어로 쓰인 가장 오래된 요정나라(혹은 그 변경) 이야기들의 자투리에 대해 이제 언급하고자 한다. 곰 소년이 베오울프 기사로 변하는 이야기나 괴물 그렌델이 흐로스가르의 궁정에 쳐들어가는 이야기는 다루지 않을 참이다. 내가 주목하는 것은 이 전승 속에 담겨 있는 다른 내용으로, '동화적 요소'가 신과 왕 및 이름 없는 인간 들과 맺는 관계를 보여 주는 특이하게 암시적인 사례이다. 동화적 요소는 문득 등장했다가 사라지는 것이 아니라, 신화와 역사의 위대한 인물들을 기다리며 항상 '스토리의 가마솥' 안에 들어 있다는 것이 여기서 잘 드러난다(고 나는 믿는다). 아직은 이름 없는 갑남을녀가 계급이나 순서에 상관없이 하나씩 둘씩 혹은 모두 한꺼번에 부글부글 끓는 스튜 속으로 던져지는 그 순간을 기다리는 것이다.

호로스가르 왕의 대적은 헤아도바르드 사람들의 왕 프로다였다. 호로스가르의 딸 프레아와루Freawaru에 대해 북유럽의 영웅 전설에서는 흔치 않은 이상한 이야기 하나가 반복적으로 전해진다. 그녀 가문과 원수 집안인 프로다의 아들 잉겔드Ingeld가 프레아와루와 사랑에 빠져 결혼을 하지만 결과는 파국으로 끝나는 이야기이다. 이 스토리는 대단히 흥미롭고 의미심장한 데가 있다. 이 고대의 반목에는 그 배경에 북유럽인들이 프레이Frey(주님Lord) 혹은 잉비프레이Yngvi-frey로 부르고, 앵글족은 잉으로 칭하던 신의 존재가 어른거리는데, 바로 고대 북유럽의 신화(및 종교)에서 풍요와 곡물을 관장하는 신이다. 두 왕가의 반목은 이 종교 내 특정 집단의 성소聖所와 관련이 있다. 잉겔드와 그의 부친은 이 종교 소속이라는 의미가 담긴 이름을 가지고 있고, 프레아와루란 이름도 '주님(프레이)의 보호'라는 뜻이다. 하지만 프레이와 관련하여 훗날 (고대 아이슬란드어로) 쓰인 주요 스토리 중 하나를 보면, 프레이가 신들의 적의 딸인 게르드르Gerdr, 곧 거인 귀미르Gymir의 딸과 멀리서 사랑에 빠져 그녀와 결혼한다는 이야기가 나온다. 이 이야기는 잉겔드와 프레아와루, 혹은 그들의 사랑이 '신화에 불과하다'는 증거가 될까? 나는 그렇지 않다고 생각한다. 역사는 '신화'와 비슷할 때가 자주 있는데, 이는 둘 다 궁극적으로 동일한 재료를 사용하기 때문이다. 만약 잉겔드와 프레아와루가 실제로 존재하지 않았거나 아니면 적어도 사랑하지 않았다면, 두 사람의 이야기는 결국 이름 없는 두 남녀에게서 나왔거나 아니면 차라리 그 이야기 안으로 그들이 들어간 것이라고 할 수 있다. 그들은 가마솥 안에 던져졌고, 그 안에는 수많은 강력한 것들이 오랜 세월 동안 부글거리며 불 위에서 끓고 있었으며, 그중에는 '첫눈에 반하기'도 있었던 것이다. 신에 대해서도 마찬가지이다. 만약 어떤 처녀와 우연히 만나 사랑에 빠졌으나 그와 연인 집안 사이에 오랜 불화가 도사리고 있음을 알아차린 청년이 한 명도 없었다면, 프레이 신 또한 오딘의 높은 옥좌에서 거인의 딸 게르드르를 보지 못했을 것이다. 하지만 우리는 가마솥을 이야기할 때, 요리사를 완전히 잊어서는 안 된다. 가마솥 안에는 많은 것이 들어 있지만, 요리사는 국자를 저을 때 눈을 완전히 감고 있는 것이 아니다. 그의 취사선택은 중요하다. 신들은 어쨌든 신들이고, 그들에 대해 어떤 이야기가 있는지는 상당히 중요한 문제이다. 따라서 우리는 사랑의 이야기가 역사 속 왕자에게 더 어울리는 이야기라는 점을 너그럽게 인정해야 한다. 사랑의 이야기는 사실 고트족 오딘이나 강령술사, 까마귀들의 폭식, '사자의 군주'에 관한 전승들(모두 오딘과 관련된 신화 내용으로, '까마귀들의 폭식'은 전사자들의 시신을 까마귀들이 수습하는 풍습을 가리킴—역자 주)보다는 황금빛 프레이와 바니르Vanir(프레이가 속해 있는 신들의 무리—역자 주)의 전승을 소유한 역사적으로 명망 있는 가문에서 실제로 일어날 가능성이 더 높은 것이다. 영어 단어 spell에 '들려준 이야기'란 뜻과 '살아 있는 사람에게 영향력을 행사하는 주문呪文'이라는 두 의미가 함께 있는 것은 놀랄 일이 아니다.

그러나 우리가 연구—세상 곳곳의 이야기를 수집하고 비교하는 일—를 통해 할 수 있는 모든 일을 마치고, 또한 (가령 새엄마나 마법에 걸린 곰과 황소, 사람을 잡아먹는 마녀, 이름에 관한 금기 등등) 요정이야기 속에 흔히 들어 있는 것으로 확인되는 많은 요소가 한때 일상적으로 행한 고대 관습의 유물, 혹은 '망상'이 아닌 확신이었던 믿음의 유물이었다고 설명하고 난 뒤—그래도 여전히 너무 자주 망각하는 한 가지 중요한 사실이 남아 있다. 스토리 속에 지금도 고스란히 남아 있는 이 옛날 것들이 '지금' 만들어 내는 효과가 무엇이냐 하는 것이다.

우선 그것들은 이제 '옛날' 것이 되었고, 오래된 것은 그 자체로 매력이 있다. 동화 「노간주나무The Juniper Tree」(Von dem Machandelboom)의 아름다움과 공포스러움은 그 우아하면서도 비극적인 도입부 및 끔찍한 식인 스튜, 소름 끼치는 뼈, 나무에서 피어오르는 안갯속에 복수를 하러 나온 화려한 새의 정령과 함께 어린 시절 이후로 내게 남아 있다. 하지만 언제나 내 기억 속에 남아 있는 그 이야기의 핵심 정서는 아름다움이나 공포스러움이 아니라, '2,000년twe tusend Johr'이란 말로도 측량할 수 없는 먼 거리와 거대한 시간의 심연이었다. 스튜와 뼈가 없었더라면—요즘 아이들은 그림 형제의 순화된 버전 때문에 이 내용을 모를 때가 너무 많다[22]—이러한 정서는 많이 상실되었을 것이다. 공포심이 과거의 어떤 어두운 믿음과 관습에서 비롯되었든 간에, 나는 '동화적 설정에' 담긴 공포심 때문에 내가 피해

[22] 아이들의 소화력이 더 튼튼해질 때까지 이야기를 통째로 숨겨 놓을 생각이 아니라면, 아이들 책에서 이 내용을 빼면 안 된다.

를 보았다고 생각하지 않는다. 그와 같은 스토리들은 이제 신화적이거나 종합적 (분석 불가능한) 효과를 지니고 있으며, 이는 비교민속학에서 발견해 낸 것들과는 전혀 별개의 효과로, 그 연구로는 훼손하거나 설명할 수 없는 효과이다. 이 이야기들은 '다른 시간'으로 가는 문을 열어 놓아서 잠깐이라도 이 문을 지나가면, 우리는 우리 시간의 바깥, 어쩌면 '시간' 자체의 바깥에 서 있을 수도 있다.

그와 같은 과거의 요소들이 보존되어 왔다는 사실의 확인뿐만 아니라, 또 '어떻게' 보존되어 왔는지를 검토하려고 마음먹을 경우, 늘 그렇지는 않지만 대체로 바로 이 문학적 효과 때문이라는 결론을 내려야 한다고 나는 생각한다. 이런 생각을 한 사람은 우리가 처음일 리가 없고, 심지어 그림 형제도 아니었을 것이다. 요정이야기는 전문 지질학자 외에 누구도 화석을 캐낼 수 없는 바위투성이 기반암이 결코 아니다. 고대의 요소들은 다른 성분들에 의해 대단히 쉽게 부서지고, 잊히고, 떨어져 나가고, 대체될 수 있다. 한 편의 스토리와 밀접한 관련이 있는 변이형들을 한 번만 비교해 보면 확인할 수 있는 내용이다. 그 속에 남아 있는 것들은 구연 화자들이 본능적으로나 의식적으로 그(그것들이 지닌) 문학적 '중요성'을 느꼈기에 자주 남겨졌음이(혹은 삽입되었음이) 틀림없다.[23] 심지어 요정이야기 속에 있는 어떤 금제가 오래전에 행해지던 어떤 터부에서 유래하였으리라 추정됨에도 이후 역사에까지 그 이야기에 남아 있다면 그것은 아마 해당 금제가 지닌 상당한 신화적 중요성 때문인 것으로 보인다. 사실 그 중요성에 대한 인식은 몇몇 터부 그 자체의 이면에 존재할지도 모른다. 무엇을 하지 말지어다—그렇지 않으면 거지가 되어 한평생 후회할 것이다. 지극히 순한 '옛날이야기'조차 그 점을 알고 있다. 심지어 피터 래빗도 정원 출입을 금지당하고 파란 외투를 잃어버린 뒤 앓아눕는다. '잠긴 문'은 영원한 '유혹'으로 남아 있다.

어 린 이

다음에 살펴볼 주제는 어린이들로, 이는 세 질문 중에서 마지막이자 가장 중요한 질문, 곧 요정이야기의 가치와 기능이 혹시 있다면, '지금' 그 가치와 기능은 무엇인가라는 물음으로 이어진다. 어린이들은 대체로 요정이야기의 당연

---

[23] 뒤의 주석 B 참조(133쪽).

한 혹은 특별히 적절한 독자층으로 간주된다. 서평자들은 종종 성인들이 혹시 재미 삼아 읽을지도 모른다고 생각하는 요정이야기를 묘사할 때 이런 식의 말장난을 한다. '이 책은 6세에서 60세까지의 어린이들을 위한 책입니다.' 하지만 새 모형 자동차를 광고하면서 '이 장난감은 17세에서 70세까지의 아동들이 좋아할 겁니다'라는 과장 광고는 본 적이 없다. 사실 나로서는 뒤의 문장이 더 말이 된다고 생각한다. 어린이와 요정이야기는 '본질적으로' 무슨 관계가 있는가? 만약 성인이 스스로 요정이야기를 읽는다면, 혹시 논평할 필요성이 있는가? 즉, 희한한 것을 '공부'하듯 하는 것이 아니라, 이야기로 '독서'를 한다면 말이다. 성인은 옛날 극장 프로그램이나 종이 봉투에 이르기까지 무엇이든 수집도 하고 공부도 할 수 있다.

요정이야기가 해롭다고 생각하지는 않을 만큼의 지혜를 여전히 갖춘 이들 간에도, 어린이의 정신과 요정이야기는 마치 어린이의 몸과 우유의 관계와 같은 수준으로 당연히 서로 관계가 있다는 것이 공통의 견해인 듯하다. 내 생각에 이는 잘못이다. 어쩌면 그릇된 감상으로 인한 잘못이라 할 수 있는데, 따라서 이런 실수를 자주 하는 이들은 (가령 자식이 없다거나 하는) 어떤 개인적 이유로 인해 어린이를 한 특정 가족, 나아가 전체 인류 가족의 덜 성숙한 일반 구성원으로 보지 않고, 특별한 유형의 피조물, 거의 다른 인종으로 여기는 경향이 있다.

사실 어린이와 요정이야기를 연결짓는 것은 우리 사회 가정의 역사에서는 우연에 가깝다. 현대 교양 계층에서 요정이야기는 '유아방'에 강등되어 있는데, 이는 마치 허름하거나 유행 지난 가구가 아이들 놀이방에 강등되어 있는 것과 마찬가지로, 무엇보다도 성인들이 이를 원하지 않고 또 잘못 사용되어도 전혀 신경 쓰지 않기 때문이다.[24] 이 결정을 내리는 것은 어린이들이 아니다. 어린이들은 하나의 집단으로서—경험 부족이라는 공통점을 빼면 하나의 집단이 될 수 없지만—성인들보다 요정이야기를 더 좋아하지도 않고 더 잘 이해하지도 못한다. 다른 것들보다 요정이야기를

[24] 스토리와 기타 유아방 이야기의 경우에는 또 다른 요소도 있다. 부유층 가정에서는 아이들을 돌보는 여성을 고용하고 이 보모들이 스토리를 공급하였는데, 이들은 가끔 그들의 '상전들'이 잊고 있던 시골의 전래 이야기들을 알고 있었다. 적어도 잉글랜드에서는 이제 이 공급원이 말라 버린 지 오래지만 예전에는 약간의 비중이 있었다. 그러나 다시 한번 말하지만, 어린이들이 이 사라져 가는 '민간 전승'의 수용자로 특별히 적합하다는 증거는 없다. 보모들에게 차라리 그림이나 가구를 고르게 하는 것이 더 어울렸을(나았을)지도 모른다.

더 좋아하지도 않는다. 어린이들은 나이가 어리고 자라는 중이며 보통 욕구도 왕성한 편이어서, 요정이야기를 대체로 잘 소화하는 편이다. 하지만 사실은 일부 어린이, 일부 성인만 요정이야기를 특별히 좋아할 뿐이다. 또한 좋아할 때도 그들은 그것을 배타적으로 좋아하지도 않고, 그것만 압도적으로 더 좋아하지도 않는다.[25] 요정이야기를 좋아하는 것은, 인위적 자극이 없다면 어린 시절에 아주 일찍 나타나기는 어려운 취향이라는 생각도 든다. 확실한 것은 이 취향이 만약 타고난 것이라면 나이를 먹을수록 감소하는 것이 아니라 증가한다는 사실이다.

최근 들어 요정이야기가 주로 어린이들을 위해 만들어지거나 '각색'되어 온 것이 사실이다. 음악이나 시, 소설, 역사 혹은 과학 안내서도 마찬가지일 수 있다. 아무리 필요한 일이라 해도 이는 위험한 처리 방식이다. 사실 이 처리 방식이 재앙을 피할 수 있는 것은 오로지 예술과 과학 전체가 유아방으로 강등되는 일은 없기 때문이다. 이 처리 방식은 성인들의 관점(크게 잘못일 때가 흔하지만)에서 유아방과 학교 교실에 어울린다고 생각한 성인들의 것을 거기서 맛

[25] 뒤의 주석 C 참조(135쪽).

보고 구경할 수 있도록 던져 놓은 것일 뿐이다. 만약 이것들 중 무엇 하나라도 유아방에 완전히 방치해 둔다면 엄청난 손상을 입을 것이다. 예쁜 탁자나 좋은 그림, 아니면 (현미경 같은) 유용한 기기도 학교 교실에 오랫동안 버려두고 돌보지 않으면 변색되고 망가지게 마련이다. 요정이야기도 이 방식으로 추방되어 온전한 성인 예술의 세계와 단절된다면 결국 파멸되고 말 것이며, 사실 그렇게 추방된 정도에 비례하여 이미 파멸에 이르러 있다.

따라서 내 생각에 어린이들을 특별 집단으로 분류하는 방법으로는 요정이야기의 가치를 찾아낼 수 없다. 사실 요정이야기 모음집은 본질적으로 다락방이나 헛간이라고 할 수 있는데, 다만 일시적으로 지역 관습에 따라 어린이 놀이방이 되었을 뿐이다. 그 속의 물건들은 정리가 안 된 채 대체로 낡고 해졌으며 서로 다른 날짜와 목적, 취향이 뒤죽박죽인 상태로 있다. 하지만 간혹 영원한 가치를 지닌 물건을 그 속에서 발견할 수도 있다. 어리석은 탓에 그렇게 방치되어 있을 뿐, 오래된 예술 작품이 그리 심한 훼손 없이 숨어 있을 수도 있는 것이다.

아마 앤드루 랭의 『요정 책』은 헛간이 아닐 것이다. 오히려 창고 세일에 나온 가게와 더 닮았다. 쓸 만한 물건을 볼 줄 아는 좋은 눈을 가진 누군가가 먼지떨이를 들고 다락방과 골방 사이를 돌아다니는 곳이다. 랭의 모음집은 대개 성인으로서 신화와 민속을 다룬 그의 연구의 부산물이지만 어린이용 도서로 분류되고 그렇게 소개되어 왔다.[26] 랭이 제시한 이유 몇 가지는 검토해 볼 만하다.

그의 시리즈 첫 권 도입부에는 "이 시리즈의 목적이자 독자인 어린이들"에 대한 언급이 있다. "어린이는 초기의 사랑에 충실한 어린 나이의 인간을 대변하며, 약해지지 않은 신뢰의 힘과 신기한 것들에 대한 신선한 갈망을 지니고 있다"고 랭은 말한다. "'이거 정말이에요?'는 어린이들이 던지는 위대한 질문이다."

나는 여기서 '신뢰'와 '신기한 것들에 대한 갈망'이 동일하거나 혹은 밀접하게 연관된 것으로 인식되고 있다는 의심을 한다. 신기한 것들에 대한 갈망은 인간의 의식이 성장하면서 일반적 갈망으로부터 즉시 혹은 처음 분화되는 것은 아니지만, 근본적으로 상이하다. 랭이 '신뢰'를 보통의

---

[26] 랭과 그의 조력자들의 입장. 최초의(혹은 남아 있는 가장 오래된) 형태로 볼 때 책의 내용 대부분에는 해당되지 않는다.

의미, 곧 어떤 일이 실제(1차) 세계에서 존재하거나 일어날 수 있다는 의미로 사용하고 있음은 꽤 분명한 것 같다. 만약 그렇다면 랭의 말은 정서적 측면을 벗겨 냈을 때 결국 이런 뜻이 된다는 점에서 우려스럽다. 즉, 신기한 이야기를 어린이들에게 전하는 화자는 어린이들의 '쉽게 믿는 마음'이나 경험 부족을 이용해야 하거나, 이용할 수 있거나, 아무튼 이용한다는 것이다. 이 경험 부족으로 인해 어린이들은 특정한 경우에 사실과 허구를 구별하는 일이 쉽지 않게 되는데, 이 구별은 그 자체로 건강한 인간 정신에, 또한 요정이야기에는 근본적인 문제이다.

물론 스토리 창작자의 솜씨가 충분히 뛰어나면, 어린이들은 이 '문학적 신뢰literary belief'에 이를 수 있다. 이 같은 의식의 상태는 '불신의 자발적 유예willing suspension of disbelief'로 불려 왔다. 하지만 이는 실제로 일어난 일을 제대로 표현한 것 같지는 않다. 실제로 발생한 일은 스토리 창작자가 성공적인 '하위 창조자'가 되었다는 뜻이다. 그는 우리의 의식이 들어갈 수 있는 '2차 세계'를 만들어 낸다. 그 안에서 그가 하는 말은 그 세계의 법칙에 부합하기 때문에 '진실'이다. 따라서 우리는, 말하자면 그 안에 있는 동안은 그 세계를 믿는다. 불신이 고개를 드는 순간 주문은 깨어지고 마법, 아니 예술은 실패한다. 그러면 우리는 다시 1차 세계로 나오고, 실패한 2차 세계를 바깥에서 응시하게 된다. 혹시 친절하게도 또는 상황에 따라 그 안에 머물 수밖에 없다면, 불신은 당연히 유예되어야(혹은 억압되어야) 하는데, 그렇지 않으면 듣고 보는 것이 견딜 수 없는 일이 될 것이기 때문이다. 하지만 이 불신의 유예는 진정한 무엇에 대한 대체물로, 우리가 게임에 빠져들거나 뭔가 가장할 때, 혹은 우리에게 실패한 예술 작품에서 (대체로 의욕적으로) 그나마 무슨 미덕을 발견해 내려고 애를 쓸 때 이용하는 속임수에 해당한다.

진정한 크리켓 애호가는 '2차 신뢰'라고 하는 마법의 상태에 들어가 있다. 경기를 관람할 때면 나는 하위 단계에 들어가 있다. 그 속에서 지루함을 떨쳐 버리는 다른 어떤 동기, 이를테면 연한 청색이 아닌 짙은 청색을 가문家紋 지키듯 광적으로 편애하는 동기를 따라가다 보면, 나는 (어느 정도) 불신의 자발적 유예를 획득할 수 있다. 이 불신의 유예는 따라서 다소 피곤하고, 터무니없고, 감상적인 마음의 상태이며, 그래서 '성인'들에게는 다소 부족할 수 있다. 나는 이 상태가 흔히 요정이야기를 앞에 두고 있는 성인들의 상태라고 생각한다. 그들은 거기서 감상(어린 시절의 추억, 혹은 어린 시절은 어떤 모습이어야 할까 하는 생각들)에 붙잡혀 계속 끌려가게 된다. 그 이야기를 좋아해야 한다고 생각하기 때문이다. 하지만 이야기 그 자체를 정말로 좋아한다면, 그들은 불신을 유예할 필요가 없을 것이다. 좋아하므로 (기꺼이) 믿고 있을 것이기 때문이다.

랭의 말이 이와 비슷한 취지였다면 그의 발언에는 약간의 진실이 있었을 수도 있다. 어린이들에게 마법을 거는 것이 더 쉽다는 주장도 할 수 있다. 나는 믿지 않지만 혹시 더 쉬울지도 모른다. 그런데 그렇게 보이는 것은 대개 어린이들의 겸손, 비판적 경험 및 어휘력의 부족, 그리고 (그들의 빠른 성장에 따르게 마련인) 탐욕이 만들어 낸 어른들의 착각이라고 생각한다. 어린이들은 자신들이 받은 것을 좋아하거나 좋아하려고 한다. 좋아하지 않는 경우에도 싫다고 말하거나 그 이유를 대는 데는 미숙하다(그래서 감추기도 한다). 어린이들은 엄청나게 많은 서로 다른 것을, 자신들의 신뢰 수준을 따져 볼 생각은 하지 않고 무차별적으로 좋아한다. 어떻든 나는 이 묘약—효과 좋은 요정이야기가 지닌 매혹—이 쓰다 보면 효과가 '약해지고', 반복해서 복용하면 약효가 떨어지는 그런 약이라는 사실에 동의하기 어렵다.

"'이거 정말이에요?'는 어린이들이 던지는 위대한 질문"이라고 랭은 말했다. 어린이들이 정말로 그런 질문을 한다는 것을 나도 안다. 또 성급하거나 한가롭게 대답해서는 안 되는 질문이다.[27] 하지만 이 질문은 결코 '약해지지 않은 신뢰'의 증거가 될 수 없고, 심지어 어린이들이 그것을 원한다는 증거도 될 수 없다. 거의 대개 이 질문은 어린이들이 자기 앞에 있는 문학 작품이 어떤 종류인지 알고 싶을 때 나온다. 대체로 세상에 대한 어린이들의 지식은 너무 좁아서 그들은 즉석에서 도움을 받지 않고는 환상적인 것과 이상한 것(드물거나 익숙하지 않은 사실), 황당한 것, 그리고 그저 '어른들의 것'(즉, 부모 세계의 일상적인 것들, 그 상당 부분은 여전히 미지의 영역이다) 사이를 구별할 수 없다. 하지만 어린이들은 부류가 서로 다른 것은 구별하고, 이따금 그것들을 모두 좋아하기도 한다. 물론 이들 사이의 경계는 자주 요동치고 혼란스럽지만, 이는 어린이들만 그런 것이 아

[27] 훨씬 더 자주 어린이들은 내게 이런 질문을 했다. '그 사람은 좋은 사람이었어요? 나쁜 사람이었어요?' 즉, 좋은 편과 나쁜 편을 분명히 가르는 데 더 관심이 있었다는 뜻이다. 왜냐하면 그것이 역사와 요정나라에서 똑같이 중요한 질문이기 때문이다.

니다. 우리도 무슨 이야기를 들으면 그것이 종류가 다르다는 것은 모두 알지만, 어떻게 자리매김해야 할지 확신이 서지 않을 때가 있다. 어린이는 이웃 지방에 사람 잡아먹는 거인이 있다는 이야기를 쉽게 믿고, 많은 어른들은 다른 나라 이야기를 쉽게 믿는다. 다른 행성에 대해서는 혹시라도 그곳에 악독한 괴물 말고 누가 살 것이라고 상상할 수 있을 법한 어른은 거의 없다.

나는 앤드루 랭이 이야기를 들려주던 어린이들, —나는 『초록 요정 책』과 같은 때 태어났다—곧 어른들이 소설을 읽듯 요정이야기가 딱 맞을 것이라고 랭이 생각했던 바로 그 어린이들 중의 한 명이었다. 랭은 그들에 대해 이렇게 말했다. "어린이들의 취향은 수천 년 전 벌거벗은 그들의 조상들의 취향과 똑같다. 그들은 역사나 시, 지리나 산수보다 동화fairy-tales를 더 좋아하는 것 같다."[28] 그런데 그들이 분명 벌거벗고 살지 않았을 것이라는 사실 말고 우리는 이 '벌거벗은 조상들'을 얼마나 알고 있는가? 우리의 요정이야기는 그 속에 있는 어떤 요소들이 아무리 오래된 것이라 해도, 그들의 이야기와 같지 않다. 만약 그들에게 요정이야

[28] 『보라 요정 책』 서문.

기가 있었기에 우리에게도 요정이야기가 있다고 한다면, 아마 우리에게 역사와 지리, 시, 산수가 있는 것 또한 그들 역시 이런 것들을 좋아했기 때문이라는 뜻이 될 것이다. 물론 그들이 이런 것들을 확보할 수 있는 한도 내에서, 또 세상 만물에 대한 그들의 전반적 관심사를 여러 갈래로 나눠 놓았다는 전제하에서 말이다.

그리고 오늘날의 어린이들에 대해 말하자면, 랭의 서술은 나 자신의 기억이나 어린이들에 대한 나의 경험에 부합하지 않는다. 랭은 자신이 알던 어린이들을 잘못 판단했을 수 있는데, 혹시 그렇지 않다 해도 어쨌든 어린이들은 영국이라는 좁은 울타리 내에서조차 서로 대단히 다르며, 따라서 어린이들을 (그들의 개인적 재능과 살고 있는 주변 환경의 영향 및 그들이 받는 교육을 무시하고) 하나의 집단으로 취급하여 일반화하는 것은 기만일 수 있다. 나는 어린아이 같은 '믿고 싶은 마음'이 특별히 없었다. 알고는 싶었다. 신뢰는 나보다 나이 많은 사람들이나 저자들이 내게 스토리를 전해 주는 방식에, 혹은 이야기 고유의 어조와 특성에 달려 있었다. 하지만 어느 경우에도 내가 한 편의 이야기를 즐길 때, 작품 속 사건이 '실제로' 일어날 수 있는지 혹은 일어난 것인지에 대한 신뢰가 결정적 역할을 했던 기억은 나지 않는다. 요정이야기의 우선 관심사는 실재하는가가 아니라 욕망할 만한가 하는 점이다. 만약 요정이야기가 '욕망'을 일깨워, 늘 참을 수 없을 만큼 애를 태우다가 그 욕망을 충족시킨다면 이야기는 성공이다. 이 욕망은 한편으로 보편적이지만, 또 한편으로는 (현대의 어린이들을 포함한) 현대인들 혹은 특정 유형의 현대인들에게 특별한 많은 요소가 복잡하게 얽힌 덩어리로, 이에 대해서는 나중에 할 이야기가 있으므로 여기서 더 자세히 다룰 필요는 없겠다. 나는 『앨리스』처럼 꿈을 꾸거나 모험을 벌이고 싶은 욕망은 없었고, 다만 그 이야기가 재미있었을 뿐이다. 땅속에 묻힌 보물을 찾거나 해적들과 싸우고 싶은 생각은 눈곱만큼도 없었고, 그래서 『보물섬Treasure Island』은 그저 그랬다. '빨간 인디언'(미국 원주민들을 백인들이 비하해 부르던 호칭—역자 주)이 더 좋았다. 그 이야기들 속에는 활과 화살이 있었고(나는 예나 지금이나 활을 잘 쏘고 싶지만 결과는 영 신통치 않다), 이상한 언어도 있었고, 고대의 생활상을 보여 주는 대목들도 있었고, 그리고 무엇보다도 깊은 숲이 있었다. 하지만 이보다 더 좋았던 것은 멀린(아서 왕 전설에 나오는 마법사—역자 주)

과 아서의 나라였고, 최고는 볼숭 가의 시구르드(북구 신화의 영웅—역자 주)와 모든 용들의 대장이 나오는 이름 없는 모든 북부의 대지였다. 그런 곳이야말로 진정 욕망할 만한 곳이다. 나는 용이 말과 같은 목目(동물분류학의 한 단계—역자 주)이라고 상상한 적이 한 번도 없었다. 그것은 내가 말을 매일 보았기 때문이 아니라 이 파충류의 발자국조차 보지 못했기 때문이다.[29] 용은 이마에 '요정나라'라는 표시를 딱 붙이고 있었다. 용이 존재하는 곳은 그곳이 어디든 '다른 세계'였다. 판타지, 곧 '다른 세계들'을 만들거나 들여다보는 일은 요정나라를 향한 욕망의 핵심이었다. 나는 깊은 욕망으로 용을 욕망했다. 물론 소심한 육체를 지닌 나의 존재는 이웃에 용이 살면서, 상대적으로 안락한 나의 세계를 침범하는 것을 원하지 않았다. 그곳에서 나는 이를테면 아무 두려움 없이 평화롭게 스토리를 읽을 수 있었다.[30] 하지만 파프니르(북구 신화의 사악한 용—역자 주)에 대한 상상까지 담고 있는 그 세계는 위험 비용이 얼마가 되든 더 풍요

[29] 뒤의 주석 D 참조(136쪽).

[30] 어린이들이 '이거 정말이에요?'라고 물을 때 거의 대개 그들의 의미는 당연히 이런 것이다. 즉, '저 이거 좋아해요. 그런데 이거 요즘 이야기예요? 제 침대에 있으면 안전할까요?' '요즘 잉글랜드에는 분명히 용이 없단다'라는 대답이 어린이들이 듣고 싶어 하는 대답의 전부이다.

롭고 더 아름다웠다. 조용하고 비옥한 평원에 사는 사람들은 고통에 시달리는 언덕들과 거두어들이지 않은 바다의 이야기를 듣고 마음속으로 이를 그리워할지도 모른다. 육신은 약하나 마음은 강하기 때문이다.

이제 어린 시절을 돌아보며 나의 초기 독서에서 요정이야기가 얼마나 중요한 것이었는지 새삼 깨닫지만, 그럼에도 분명히 밝혀야 할 것은 요정이야기 선호가 나의 초기 취향에서 절대적인 것은 아니었다는 점이다. 이 취향이 정말로 생겨난 것은 '유아방' 시절 이후, 그리고 글을 읽기 시작해서 학교에 가기 전까지 짧지만 길어 보이는 몇 년 동안이었다. 그 시기에('행복한' 혹은 '황금빛'이란 말을 거의 붙일 뻔했지만, 사실 슬프고 힘든 시기였다) 나는 이를테면 역사, 천문학, 식물학, 문법 및 어원학 같은 다른 것도 좋아했고 어쩌면 더 좋아했다. 나는 원칙적으로 랭이 일반화한 '어린이'론에 전혀 동의하지 않았지만, 다만 몇 가지 점에서는 우연히 일치했다. 예를 들어 나는 시에 둔감해서 이야기를 읽다가 시가 나오면 건너뛰었다. 시를 발견하게 된 것은 훨씬 나중에 라틴어와 그리스어를 공부하면서였고, 특히 영시를 고전 시가로 번역하는 시도를 하면서부터였다. 실제로 요정이야기 취향은 성인이 되는 문턱에서 문헌학을 공부하면서 생겨났고, 전쟁 통에 빠르게 확대되었다.

아마도 이 문제에 대해서는 논의를 충분히 한 것 같다. 적어도 요정이야기가 '특별히' 어린이들과 연관되어서는 안 된다는 내 생각은 이제 분명해졌을 것이다. 요정이야기는 어린이들과 관련이 있다. 당연히 관련이 있다. 왜냐하면 어린이도 인간이고, 요정이야기도 인간들의 자연스러운 (꼭 보편적이라고 할 수는 없지만) 취향이기 때문이다. 우연히 관련이 있다. 왜냐하면 요정이야기는 현대 유럽에서 다락방에 처박힌 문학적 잡동사니의 상당 부분을 차지하기 때문이다. 이상하게도 관련이 있다. 왜냐하면 어린이들에 대한 오도된 정서, 곧 어린이들에 대한 관심은 줄어들면서, 다른 한편 증가하는 것으로 보이는 정서 때문이다.

아동 정서 전성시대에 요정들이나 그 비슷한 이야기를 담은 몇몇 재미있는 (하지만 특히 어른들에게 매력적인) 책이 만들어진 것은 사실이다. 동시에 그때나 지금이나 어린이들의 생각과 요구라고 짐작되는 기준에 맞추어 창작하거나 각색한 수준 이하의 끔찍한 스토리들 또한 등장했다. 옛날 스토리들이 원래 모습을 지키지 못하고 차분해지거나 말끔

한 모습으로 바뀌고, 모방해도 대개는 그저 우스꽝스럽기만 해서 음모조차 못 꾸미는 피그위긴 같은 인물이 나온다. 아니면 가르치려 든다거나, 또 아니면 (아주 최악으로) 거기 있는 다른 어른들에게 눈을 돌리며 은밀히 킥킥거린다. 앤드루 랭이 킥킥거렸다고 비난할 생각은 없지만, 그는 분명히 속으로 혼자 웃었고, 또 분명히 어린이 독자들을 제쳐놓고 너무 자주 다른 똑똑한 사람들 얼굴로 눈을 돌려—결국 『판투플리아 연대기The Chronicles of Pantouflia』는 무척 심각한 손상을 당하고 말았다.

데이슨트는 점잖은 체하며 자신의 북구 설화 번역본을 비판하는 이들에게 열심히 반론을 폈고 이는 맞는 말이었다. 하지만 그는 자신의 작품집 마지막 두 권을 특히 어린이들이 읽지 못하도록 '금지'하는 놀랄 만큼 멍청한 짓을 하고 말았다. 요정이야기를 공부한 사람이 겨우 그 정도밖에 되지 않는다니 거의 믿을 수 없을 지경이다. 쓸데없이 어린이를 그 책의 당연한 독자로 생각하는 일만 하지 않았더라면, 비판이나 반론, 금지, 모두 필요 없었을 것이다.

나는 앤드루 랭의 다음 주장이 (감상적으로 들리기는 하지만) 일말의 진실이 있다는 점은 부인하지 않는다. '요정 왕국에 들어가려는 자는 어린이의 마음이 있어야 한다.' 왜냐하면 요정나라보다 훨씬 더하거나 덜 위대한 왕국으로 들어가는 모든 강렬한 모험에는 그런 마음이 필수이기 때문이다. 하지만 겸손과 순수는—이 맥락에서 '어린이의 마음'이란 당연히 그런 뜻인데—반드시 무비판적 경이로움이나, 사실 무비판적 상냥함을 의미할 필요는 없다. 체스터튼G.K. Chesterton은 언젠가 자신과 함께 마테를링크Maurice Maeterlinck의 『파랑새L'Oiseau bleu』를 보러 갔던 어린이들이 실망하던 모습을 이야기한 적이 있는데, 실망한 이유는 "이야기가 '심판의 날'로 끝나지 않았고, 또 '개'는 충성스럽지만 '고양이'는 신의가 없다는 사실이 남녀 주인공에게 전달되지 않았기 때문"이었다. 그는 이런 말을 한다. "왜냐하면 어린이들은 순수하고 정의를 사랑하는 반면에 우리는 대부분 사악하고 그래서 당연히 자비를 더 선호하기 때문이다."

앤드루 랭은 이 점에서 혼란이 있었다. 그는 자신의 요정이야기 중 한 곳에서 리카르도 왕자가 '노란 난쟁이'를 죽인 것을 변호하느라 애를 썼다. "나는 잔인한 것이 싫지만 […] 그것은 손에 칼을 들고 하는 정당한 싸움이었고, 난쟁이는, 그의 영혼에 안식이 깃들기를! 갑옷을 입은 채로 죽었다." 하지만 '정당한 싸움'이 '정당한 심판'보다 덜 잔인한 것인지는 분명하지 않다. 혹은 칼로 난쟁이를 찌르는 것이 나쁜 왕과 악한 계모 들을 처형하는 것보다 정의로운 것인지도 불분명한데—랭은 이 문제는 내버려 둔다. 그는 범죄자들을 많은 연금이 나오는 은퇴 생활로 보내 버리기 때문이다(그리고 이를 자랑한다). 이것은 정의로 단련하지 않은 자비이다. 사실상 이 변호는 어린이들이 아니라 부모와 후견인 들을 향한 것인데, 랭은 아이들을 돌볼 때 알맞을 것이라며 자신의 『프리지오 왕자Prince Prigio』와 『최고의 리카르도Prime Ricardo』를 그들에게 추천하고 있었던 것이다.[31] 요정이야기를 '아동 문학'으로 분류해 온 사람은 부모와 후견인 들이다. 그리고 이것은 그 결과로 나온 가치 왜곡의 작은 사례이다.

우리가 만약 '어린이'를 좋은 의미로 사용한다면(이 말에는 또한 합법적으로 나쁜 의미가 들어 있다), 그 때문에 감상적으로 '어른'이나 '성인'을 나쁜 의미로만 사용하도록(이 말에는 또한 합법적으로 좋은 의미가 들어 있다) 내버려 두어서는 안 된다. 나이가 드는 것과 더 나쁜 사람이 되는 것은 흔히

[31] 『라일락 요정 책』 서문.

동시에 일어나곤 하지만, 반드시 함께 묶어 놓을 필요는 없다. 어린이는 성장하는 것이지, 피터팬이 되는 것은 아니다. 순수와 경이를 잃는 것이 아니라 약속된 여정을 계속하는 것이다. 그 여정에서 목적지에 도착하려면 희망을 품고 여행해야 하지만, 희망을 품고 여행하는 것이 도착 그 자체보다 명백히 더 나은 것만은 아니다. (설교가 아닌 세상사의 교훈에 대해 이야기할 수 있다면) 요정이야기의 교훈 중 하나는, 미숙하고 멍청하고 이기적인 청년에게는 위험과 슬픔, 죽음의 그림자가 자존을, 때로는 지혜까지도 선사해 줄 수 있다는 것이다.

인간을 엘로이와 몰록, 둘로 나누지는 말자. (공들여 가지치기한) 동화와 함께 있는 예쁜 어린이들과—18세기에는 어리석게도 이들을 대개 '요정elves'이라고 했다—자신의 기계를 손보는 시커먼 몰록들 말이다. 요정이야기가 나름대로 읽을 만한 가치가 있다면, 어른들을 위해서 집필하고 또 어른들이 읽는 것도 가치 있는 일이다. 물론 어른들은 어린이들보다 더 많은 것을 투입하고 더 많은 것을 얻어 낼 것이다. 그렇게 되면 어린이들은 진정한 예술의 한 분과로 그들이 읽기에 적절하면서도 그들의 기준 내에 있는 요정이야기를 기대할 수 있을 것이며, 이는 마치 시와 역사, 과학 분야의 적절한 입문서를 기대하는 것과 마찬가지이다. 하지만 어린이들은 그들의 기준에 미치지 못하는 것보다는 넘어서는 어떤 읽을거리, 특히 요정이야기를 읽는 것이 더 나을지도 모른다. 옷과 마찬가지로 어린이들의 책은 그들이 자란다는 점을 감안해야 하며, 적어도 그들의 책은 이를 권장해야 한다.

그럼 정리가 됐다. 만약 성인이 문학의 자연스러운 한 분야로 요정이야기를 읽는다면—어린이 흉내를 내는 것도 아니고, 어린이를 위해 책을 고르는 척하는 것도 아니고, 성장을 거부하는 소년이 되는 것도 아닌—이런 독서의 가치와 기능은 무엇인가? 이것이 마지막으로 가장 중요한 문제라고 생각한다. 나는 이미 해답을 위한 약간의 힌트를 제시해 놓았다. 무엇보다도 예술 작품으로 창작된 글이라면, 요정이야기의 핵심 가치는 순전히 문학으로서 다른 문학 양식들이 공유하는 가치가 될 것이다. 하지만 요정이야기에는 또한 독특한 수준 혹은 방식으로 제공되는 것들—판타지, 회복, 도피, 위로—이 있고, 이들 모두는 대체로 어린이들보다 어른들에게 더 필요한 것들이다. 요즘 이 중 대부분은 보통 누구에게나 부족한 듯 보인다. 이제 이 내용을 간략하게 살펴보고자 하며 먼저 '판타지'부터 시작한다.

판 타 지

인간의 의식은 실제로 존재하지 않는 것들의 정신적 이미지(상)를 구축할 수 있는 능력이 있다. 그래서 상images을 떠올리는 능력은 자연스럽게 상상력Imagination으로 불린다(혹은 불렸다). 하지만 최근 들어 상상력이 일반 용어가 아닌 전문 용어로 단순히 이미지 만들기 이상의 어떤 것을 가리킬 때가 자주 있는데, 여기에 공상Fancy(좀 더 오래된 단어인 '판타지Fantasy'의 의미가 축소되고 비하 조로 바뀐 형태)의 작용이 관여한 것으로 보인다. 이에 따라 상상력의 의미를 '상상적 창조물에 실재에 상응하는 내적 일관성을 부여하는 힘'으로 제한하려는 시도가 있는데, 나는 '제한'이란 말을 '잘못 적용'이란 말로 바꾸는 것이 옳다고 본다.

이렇게 공부가 부족한 사람이 이 중대한 문제에 의견을 피력하는 것이 우습게 보일지 모르나, 나는 조심스럽게 이 언어적 구분이 문헌학적으로 부적절하고, 또 분석도 부정확하다고 생각한다. 상을 떠올리는 정신적 힘은 별개의 무엇 혹은 양상으로, 이를 '상상력'이라고 부르는 것은 적절한 일이다. 이미지에 대한 인식, 그 함의의 파악 및 통제는 성공적인 표현을 위해 필요한 것들로, 이들은 생생함이나 힘에 있어서 차이가 난다. 하지만 이는 상상력의 정도 차이이지 본질의 차이는 아니다. '실재에 상응하는 내적 일관성'을 부여하는(혹은 부여하는 것 같은)[32] 표현의 성취는 사실상 또 다른 무엇 혹은 양상으로, 이를 위해서는 다른 이름이 필요하며, 예술Art, 곧 상상력과 최종 결과물인 하위 창조Sub-creation 사이의 연결 고리가 그것이다. 현재 논의하고 있는 목표를 달성하기 위해서는 하위 창조로서 예술 그 자체와, 이미지에서 생성되는 낯섦과 경이감이라는 표현상의 특질—요정이야기의 핵심적 특질—두 가지를 모두 포용할 수 있는 하나의 단어가 필요하다. 이에 따라 나는 스스로 험티덤티(영국 전래동화의 캐릭터로 루이스 캐럴은 이 캐릭터에 언어유희의 능력을 부여한 바 있다—역자 주)의 능력을 부여받아 '판타지'를 이 목적을 위해 사용하고자 한다. 다시 말해 이 단어를 상상력의 등가물로 보는 좀 더 오래된 상위의 용

[32] 즉, '2차 신뢰'가 있거나 이를 유도하는.

례와, 여기서 파생된 개념들, 곧 '비현실'(즉 1차 세계와 같지 않음), 관찰된 '사실'의 지배로부터의 자유, 간단히 말해 환상적인 것the fantastic 등을 결합하는 의미로 쓰자는 뜻이다. 그런 점에서 나는 fantasy와 fantastic의 어원론적·의미론적 관계를 인지하고 있을 뿐만 아니라 환영하는 입장이다. 여기서 fantastic은 '실제로 존재하지 않을' 뿐만 아니라, 사실 우리의 1차 세계에서는 절대로 찾을 수 없거나 대체로 찾을 수 없다고 간주되는 사물의 이미지들을 가리킨다. 하지만 이를 인정한다고 해서 이 단어를 비하하는 어조에 동의한다는 것은 아니다. 이미지가 1차 세계에 존재하지 않는 사물에서 나온다는 것은 (만약 그것이 정말로 가능하다면) 미덕이지 악덕이 아니다. 판타지는 (이런 의미에서) 하위가 아니라 상위의 예술 형태이며, 사실 순수한 형태에 가장 근접한, 따라서 (성취하고 나면) 가장 강력한 예술 형태라는 것이 나의 생각이다.

판타지는 물론 '매혹적인 낯섦'이라는 이점을 가지고 시작한다. 하지만 이 이점은 판타지에 불리하게 작용하여 오명을 낳는 데 일조하였다. '매혹당하는' 것을 싫어하는 사람들이 많기 때문이다. 그들은 1차 세계에 대한 무슨 간섭이나, 자신들에게 익숙한 세계를 그렇게 살짝 들여다보는 것을 싫어한다. 그래서 어리석게도 또는 악의적으로 판타지와 꿈꾸기를 혼동하는데, 꿈꾸기에는 예술이 없다.[33] 또한 판타지를 정신 질환과 혼동하기도 하는데, 후자에는 통제가 작동하지 않는다. 말하자면 망상 및 환각이다.

그러나 불안과 그로 인한 혐오에서 비롯되는 오류나 악의가 이 혼란의 유일한 원인은 아니다. 판타지는 또 하나의 근본적 약점이 있는데, 성취가 어렵다는 점이다. 나는 판타지가 하위 창조 이하가 아니라 이상일 수 있다고 생각하지만, 어쨌든 1차 재료의 이미지들과 재배치가 1차 세계의 실제 배치와 다르면 다를수록 '실재에 상응하는 내적 일관성'을 창출하기가 더 어렵다는 점이 사실상 드러난다. 좀 더 '제정신인' 재료를 가지고 이런 유형의 '실재'를 창출하는 것은 더 쉽다. 따라서 판타지는 개발되지 못하고 그대로 있을 때가 무척 많다. 왜냐하면 지금이나 예전이나 판타지는 경박하게, 혹은 반쯤만 진지하게, 혹은 그저 장식용으로 사용되었기 때문이다. 판타지는 아직도 그저 '기발함'에 머

[33] 모든 꿈이 다 이런 것은 아니다. 어떤 경우에는 판타지가 역할을 하는 것 같기도 하다. 하지만 이는 예외적이다. 판타지는 비합리적이 아니라 합리적인 활동이다.

물러 있을 뿐이다. 인간의 언어라는 환상적 도구를 물려받은 사람이라면 누구나 '초록 태양'이라고 말할 수 있고, 그것을 상상하거나 그릴 수 있는 사람도 많다. 하지만 그 정도로는 충분하지 않다—비록 판타지가 문학적 찬사를 받는 많은 '간명한 스케치'나 '인생 기록부'보다 이미 더 강력한 무엇이 되어 있기는 하지만 말이다.

초록 태양이 있을 법한 2차 세계, 곧 2차 신뢰가 유지되는 2차 세계의 창조에는 아마도 노동과 사유가 필요할 것이며, 일종의 요정술에 가까운 특별한 기술이 분명히 요구될 것이다. 이 어려운 과제에 도전하는 이들은 많지 않다. 하지만 도전이 성공하여 일정한 수준의 성취가 이루어지면, 우리는 진귀한 예술적 성취를 얻게 된다. 진정한 서사 예술, 그 본연의 가장 강력한 양식으로 된 스토리 만들기가 이루어지기 때문이다.

인간의 예술 중에서 판타지는 말, 곧 진정한 문학에 맡겼을 때 최고의 작품이 나온다. 이를테면 회화繪畫에서 환상적 이미지의 시각적 재현은 기술적으로 너무 쉬운 일이다. 손은 생각을 능가하는 경향이 있고, 심지어 이를 뒤엎기도 한다.[34]

---

[34] 뒤의 주석 E 참조(138쪽).

그 결과 우스꽝스럽거나 병적인 상태가 자주 나타난다. 문학과는 근본적으로 구별되는 예술인 드라마가 문학과 함께 거론되거나 문학의 한 부류로 간주되는 일이 무척 흔하다는 것은 불운이다. 이 불운들 중 하나로 판타지에 대한 평가 절하를 꼽을 수 있다. 적어도 부분적으로 이 평가 절하가 비평가들이 선천적으로 혹은 훈련을 통해 선호하게 된 문학의 형태나 '상상력'을 치켜세우려는 자연스러운 욕구에 기인하기 때문이다. 그런데 이렇게 위대한 드라마를 생산해 내고 윌리엄 셰익스피어의 작품들을 보유하고 있는 나라에서 비평은 너무 드라마 중심이 되는 경향이 있다. 드라마는 태생적으로 판타지에 적대적이다. 아무리 단순한 형태라도 판타지는 시각적·청각적 연출을 통해 정해진 원칙에 따라 제시되는 경우 드라마로 결코 성공할 수 없다. 환상적인 형체는 모조로 만들 수 없다. 말하는 동물로 분장한 사람은 익살을 피우거나 흉내를 낼 수 있지만 판타지의 차원에 이를 수는 없다. 이 점은 잡종 장르인 무언극의 실패에서 잘 드러나는 것으로 보인다. 무언극은 '드라마화된 요정이야기'에 가까워질수록 질이 더 나빠진다. 무언극을 웬만큼 봐줄 만할 때는 줄거리와 작품의 판타지가 오로지 익살극을 위해 남아 있는 틀로 축소되고, 공연 중 어느 지점에서 어떤 형태이든 '신뢰'가 누구에게도 요구되거나 기대되지 않을 때뿐이다. 물론 이는 부분적으로 드라마 제작자들이 판타지나 마법을 재현하기 위해 기계 장치를 사용해야 하거나, 사용하려고 시도한다는 사실에서 비롯된다. 언젠가 이른바 '어린이용 무언극'을 관람한 적이 있는데, 「장화 신은 고양이」의 스토리를 그대로 만든 작품으로 심지어 요괴가 쥐로 변신하는 장면까지 있었다. 공연이 기술적으로 성공했더라면 관객을 공포로 사로잡거나 아니면 한마당 고급 마술 공연이 되었을 것이다. 그런데 실상은, 조명 쪽에서 꽤 솜씨를 발휘하긴 했지만 불신이 유예되었다기보다 매달려 있다가 끌려 나와 자리를 잡은 꼴이 되었다.

『맥베스』의 경우, 책으로 읽을 때는 마녀들도 참을 만하다. 마녀들이 품격이 떨어지고 볼품이 없기는 하지만, 서사적 기능을 하는 데다 음울한 분위기를 띄우는 암시를 약간 주기 때문이다. 연극으로 보면 마녀는 거의 참을 수가 없다. 나로서는 책으로 스토리를 읽을 때 느꼈던 그들에 대한 약간의 기억이 도움을 주지 않았더라면 도무지 견딜 수 없었을 것이다. 그 시대의 마녀 사냥과 마녀 재판을 포함하여 시대에 대한 이해가 있으면 다른 느낌을 받을 수도 있다는 이야기를 듣기는 했다. 하지만 이는 마녀들을 1차 세계에서 가능한, 실질적으로 있을 수 있는 존재로 본다는 뜻이고, 달리 말해 이는 마녀들이 더 이상 '판타지'가 아니라는 뜻이 된다. 이런 주장은 핵심이 무엇인지 인정하는 셈이 된다. 셰익스피어 같은 극작가라도, 극작가가 판타지를 이용하려고 하면 판타지는 분해되거나 해체되는 운명을 맞기 십상이다. 사실 『맥베스』는 적어도 이런 이유에서 판타지에 재능과 인내심이 있다면 스토리를 써야 했던 극작가의 작품이다.

내 생각에 무대 효과의 역부족보다 더 중요한 이유는 다음에 있다. 즉, 드라마는 이미 본질적으로 일종의 가짜, 아니면 적어도 대체어를 쓴다면, 마법을 시도하고 있다는 점이다. '스토리 속 가상의 인물을 시각 및 청각으로 재현'하는 마법이다. 드라마는 그 자체로 마법사의 지팡이를 흉내 내려는 시도이다. 기계 장치의 성공까지 이용하더라도 거의 마법에 가까운 이 2차 세계에 추가로 판타지나 마법을 도입하는 것은, 말하자면 더 내부의 세계 혹은 3차 세계를 요구하는 것이다. 그런 세계는 너무 심하다. 그런 것을 만드는 것이 불가능하지는 않을 것이다. 이런 시도가 성공하는 것을 본 적은 없지만 말이다. 그렇더라도 적어도 판타지가 드라마에 적합한 양식이라고 주장할 수는 없는데, 여기서는 걸어 다니고 말하는 사람이 예술과 환상의 자연스러운 도구로 밝혀져 있기 때문이다.[35]

이와 같은 엄정한 이유—드라마에서는 등장인물과 장면까지 가상이 아니라 실제 눈으로 본다는 점—에서, 드라마는 비록 유사한 재료(단어, 시, 줄거리)를 이용하기는 하지만 서사 예술과는 근본적으로 다른 예술이다. 따라서 문학보다 드라마를 좋아하거나 (그런 문학비평가들이 분명히 많다) 혹은 자신의 비평 이론을 주로 드라마 비평가들이나 심지어 드라마를 바탕으로 형성하는 비평가라면, 순수한 스토리 만들기를 잘못 이해하고 이를 무대극의 제약에 가두어 버리기 쉽다. 예컨대 아무리 형편없고 멍청한 등장인물이라도, 관객은 사물보다 등장인물을 더 좋아하게 마련이다. 나무를 나무로 보는 설정이 드라마에서 큰 자리를 차지하기는 어려운 일이다.

그런데 '요정 드라마'—풍성한 기록에 따르면 요정들이

[35] 뒤의 주석 F 참조(139쪽).

자주 인간에게 제시한 드라마—는 어떤 형태든 인간적 메커니즘의 한계를 뛰어넘어 사실성과 직접성을 담은 판타지를 만들어 낼 수 있다. 따라서 (인간에 대한) 이 드라마의 통상적 효과는 2차 신뢰를 넘어선다. 우리가 요정 드라마 속에 있다면, 우리는 육체적으로 그 2차 세계의 내부에 있거나 혹은 있다고 생각한다. 이 경험은 꿈을 꾸는 것과 매우 유사할 수 있고, (사람들은) 이따금 그렇게 혼동한다(고 보일지도 모른다). 하지만 요정 드라마에서는 우리가 다른 어떤 정신이 조종하는 꿈속에 있는 것인데, 이 놀라운 사실을 우리의 의식은 지각하지 못할 수도 있다. 2차 세계를 '직접' 경험하는 것, 그 묘약은 너무나 강력하고 그래서 우리는 사건들이 아무리 신기해도 그 세계에 1차 신뢰를 부여한다. 우리는 미혹당한 것이며—그것이 (항상 혹은 특정한 때에) 요정들의 의도인지 아닌지는 또 다른 문제이다. 요정들 자신은 적어도 미혹당하지 않는다. 그들에게 이것은 마술이나 마법과는 구별되는 예술의 한 형태이고 그렇게 불리는 것이 당연하다. 그들은 아마도 인간 예술가들보다 그 일을 하며 더 많은 시간을 보낼 수 있는 여유가 있겠지만, 그 속에 살지는 않는다. 요정들과 인간들의 1차 세계, 곧 실재는 비록 다르게 평가되고 다르게 인식되지만 동일한 것이다.

우리는 요정들의 이 기술을 지칭하는 하나의 단어가 필요하지만, 시도해 본 단어들은 모두 다른 것과 구별이 잘 안 되고 혼동되었다. 쉽게 떠오르는 단어로 마법Magic이 있고, 나도 위에서(31쪽) 이 말을 쓴 적이 있지만, 지금은 쓰지 말았어야 한다는 생각이다. 마법은 마법사Magician가 하는 일을 위해 남겨 두어야 하기 때문이다. 예술은 행위 중에 (자신의 유일한 혹은 궁극적 목표는 아니지만) 2차 신뢰를 창출하는 인간 활동이다. 물론 더 능숙하고 수월하긴 하지만 요정들도 이와 동일한 종류의 예술을 사용할 수 있고, 또 그렇게 알려져 있는 것 같다. 하지만 나는 좀 더 강력하고 특별히 요정에 어울리는 기술에 대해서는, 논란의 여지가 더 적은 단어를 찾을 수 없으므로 매혹Enchantment이란 말을 쓰고자 한다. 매혹은 설계자와 구경꾼이 함께 들어갈 수 있는 2차 세계를 창출하며, 그 속에 있는 동안 그들의 감각은 만족을 얻는다. 하지만 순수한 상태에서 그것이 지향하고 목표하는 바는 예술적이다. 마법은 1차 세계의 변화를 창출하거나 창출을 가장한다. 요정과 인간 중에서 누가 그것을 행사하는가 하는 문제는 중요하지 않으며, 마법은 다른

들과 구별된다. 마법은 예술이 아니라 기술이며, 마법이 지향하는 것은 이 세상에서의 '힘power', 곧 사물과 의지 들에 대한 지배이다.

판타지는 이 요정술, 곧 매혹을 갈망하며, 성공을 거둘 경우 모든 형태의 인간 예술 가운데서 이에 가장 근접한다. 인간이 만든 많은 요정 스토리의 핵심에는 살아 있는, 실현된 하위 창조로서의 예술에 대한 갈망이 있다. 이 갈망은 드러나거나 감추어져 있고 또 순수하거나 복합적일 수 있는데, (외적으로는 상당히 유사할지 몰라도) 내적으로는, 한낱 마법사임을 드러내는 자기중심적 권력을 향한 탐욕과 전혀 다르다. 요정들은 그들의 진정한 (하지만 여전히 위험천만한) 핵심에 있어서는 거의 이 갈망으로 이루어져 있고, 우리가 인간 판타지의 중심에 있는 갈망과 염원이 무엇인지 이해할 수 있게 되는 것은 그들을 통해서이다. 비록 요정들이 판타지 자체의 결과물에 불과하다고 할지라도 말이다(그럴수록 이는 더욱더 맞는 말이다). 이 창조적 갈망은, 인간 극작가의 순진하지만 서툰 장치든 아니면 마법사의 사악한 속임수든 오직 모조품에만 기만당할 뿐이다. 이 세상에서 그것은 만족할 줄 모르는 인간을 위한 것이고 그래서 영원불

멸이다. 타락하지만 않는다면, 그것은 현혹하려 하지도 않고 미혹과 군림을 추구하지도 않는다. 이 갈망은 노예가 아니라 공유된 풍요로움, 창조와 기쁨의 동반자를 구하기 때문이다.

많은 사람의 눈에, 명사를 결합하고 형용사를 재분배하며 세상과 그 안에 있는 모든 것에 이상한 장난을 치는 이 하위 창조로서의 예술, 곧 판타지는 불법은 아니더라도 수상하게 보였다. 어떤 이들에게 그것은 유치하고 허튼 짓거리, 곧 초기 단계의 민족들이나 인간들에게만 어울리는 것이었다. 판타지의 정당성과 관련해서는, 신화와 요정이야기를 '거짓말'이라고 하는 어떤 분에게 이전에 보낸 편지 속에 쓴 짧은 한 대목을 인용하면 충분할 것이다. 다만 정당하게 평가하자면, 그분은 요정이야기 만드는 일을 '은 사이로 거짓말 불어넣기Breathing a lie through Silver'라고 부를 만큼 자상한 분이었으나 한편으론 그만큼 개념을 혼동하고 있었다.

> 나는 이렇게 말했다—"선생님, 지금은 멀어진 지 오래지만,
> 인간은 완전히 길을 잃지도, 완전히 변하지도 않았습니다.

명예를 잃었을 수 있으나, 아직 권좌에서 내려오지 않았고,
예전에 누리던 권력의 누더기를 걸치고 있습니다.
하위 창조자인 인간, 그를 통과해 굴절된 빛은
흰빛 하나에서 여러 빛깔로 분리되어,
이 영혼에서 저 영혼으로 이동하는
살아 있는 형체들 속에서 끊임없이 결합합니다.
비록 세상 모든 틈새를 우리는 요정과 고블린으로 채우고,
또 감히 신들과 그들의 저택을 어둠과 빛으로 세우고,
또 감히 용들의 씨를 뿌렸지만,
그건 (잘했건 잘못했건) 우리의 권리였습니다.
그 권리는 퇴락하지 않았습니다.
우릴 창조한 그 법에 따라 우린 여전히 창조자입니다."

판타지는 자연스러운 인간 활동이다. 명백히 그것은 이성을 파괴하거나 조롱조차 하지 않으며, 과학적 진리를 향한 욕구를 무디게 하거나 그 인식을 모호하게 하지 않는다. 오히려 그 반대이다. 이성이 예리하고 명징할수록, 더 좋은 판타지를 만들어 낼 것이다. 인간이 혹시 진리(사실이나 증거)를 알고 싶지 않거나 인식할 수 없는 상태에 있다면, 판

타지 또한 그가 치유될 때까지 무기력한 상태로 남아 있을 것이다. 인간이 계속해서 그 상태에 빠져든다면(일견 전혀 불가능한 일도 아니다), 판타지는 모습을 감추고 병적 망상이 될 것이다.

왜냐하면 창조적 판타지는 태양 아래 보이는 바로 그 세상 속에 만물이 존재한다는 엄정한 인식에 기반을 두고 있기 때문이다. 그 기반은 사실에 대한 예속이 아니라 사실에 대한 인식을 의미한다. 루이스 캐럴의 이야기와 노래 속에 나오는 황당한 것들도 그렇게 논리의 기반 위에 세워져 있다. 사람이 정말로 개구리와 사람을 구별할 수 없다면, 개구리 왕에 관한 요정이야기도 나올 수 없는 것이다.

물론 판타지도 극단으로 치달을 수 있다. 잘못 만들어질 수도 있고, 나쁘게 이용될 수도 있다. 심지어 자신을 만들어 낸 사람의 생각을 현혹할 수도 있다. 하지만 이 타락한 세상의 인간사 중에 안 그런 것이 어디 있겠는가? 인간은 요정을 생각해 냈을 뿐만 아니라, 신도 상상해 내고 숭배했으며, 심지어 창작자 자신의 사악으로 만들어진 지극히 기형적인 것들까지 숭배하였다. 하지만 그들은 다른 재료, 이를테면 그들의 관념과 깃발과 돈을 사용하여 거짓 신도 만들어 냈다. 그들의 과학과 그들의 사회·경제 이론 들은 인간의 희생까지 강요하였다. 'Abusus non tollit usum(오용이 있다고 해서 원래의 용도가 훼손되지는 않는다—역자 주).' 판타지는 여전히 인간의 권리이다. 우리는 만들어진 존재이기에 우리의 척도에 따라, 우리가 파생된 양식에 따라 만든다. 우리가 단순히 만들어진 존재일 뿐 아니라 조물주의 형상을 따라 조물주의 모양대로 만들어진 존재이기 때문이다.

회복, 도피, 위로

노령old age과 관련하여, 개인적 상태이든 우리가 살고 있는 시대에 국한된 것이든, 흔히 짐작하듯이 노령이 장애를 초래한다(72쪽 참조)는 말은 사실일 것이다. 하지만 이 추정은 대체로 요정이야기를 '연구'만 하기 때문에 나오는 생각이다. 요정이야기에 대한 분석적 연구는 요정이야기를 즐기거나 창작하기 위한 준비로는 좋지 않은 방법이며, 이는 마치 동서고금의 드라마에 대한 역사적 연구가 무대극을 즐기고 창작하기 위한 준비로 좋지 않은 것과 마찬가지이다. 연구는 사실 맥빠지는 일이기도 하다. '세월의 숲'에는 '이야기의 나무'에서 떨어진 수없이 많은 나뭇잎이 바닥에 깔려 있고, 갖은 고생에도 불구하고 학생은 자신이 겨우 나뭇잎 몇 장을 수집하고 있다는 사실, 그것도 이제 갈라지거나 썩은 잎들이 많다는 사실을 깨닫게 마련이다. 쓰레기의 양을 늘리는 것은 허망한 일처럼 보인다. 누가 새잎을 설계할 수 있는가? 새싹이 성장하며 펼치는 무늬와, 봄부터 가을까지 바뀌는 빛깔은 모두 오래전에 사람들에게 발견되었다. 하지만 그것은 사실이 아니다. 나무의 씨앗은 거의 아무 땅에나 다시 심을 수 있으며, (랭이 말한 대로) 심지어 잉글랜드처럼 담배 연기에 찌든 곳에서도 가능하다. 우리가 비슷한 다른 사건을 본 적이 있고 들은 적이 있다고 해서 봄이 덜 아름다운 것은 물론 아니다. 비슷한 사건일 뿐, 세상의 시작부터 세상의 끝까지 똑같은 사건은 결코 없기 때문이다. 참나무든 물푸레나무든 가시나무든 모든 나뭇잎은 그 무늬의 특별한 구현이며, 따라서 수없이 많은 세월 동안 참나무에서 잎이 났지만 어떤 사람의 눈에는 올해가 '바로 그' 구현일 수 있는 것이다.

우리는 모든 선이 곡선이나 직선이 되어야 한다는 이유로 선 긋기에 절망하거나 절망할 필요는 없으며, 또 삼'원'

색three 'primary' colours만 있다고 해서 그림 그리기에 절망하지도 않는다. 오랜 세월 동안 조상들이 남긴 예술을 즐기거나 실행할 때 그들의 상속자로 머무는 한, 지금의 우리는 사실 더 늙은 몸일 수 있다. 이 재산을 상속하는 데는 지루함에서 오는 위험이나 창의적이어야 한다는 불안에서 오는 위험이 있을 수 있고, 이는 멋진 그림이나 섬세한 무늬, '예쁜' 색깔에 대한 거부감이나 아니면 영리하면서도 무정하게 옛날 재료를 그저 조작하거나 과도하게 세공하는 쪽으로 빠질 수도 있다. 하지만 그와 같은 지루함에서 빠져나오는 진정한 탈출로는 고의로 어색하거나 우스꽝스럽고 보기 흉하게 한다거나, 아니면 모든 사물을 시커멓거나 끝없이 강렬하게 만드는 데서 찾아서는 안 된다. 색깔을 계속 섞어 미묘함을 칙칙함으로 바꾸거나, 형태를 환상적으로 복잡하게 만들어 유치함이나 섬망의 지경에 이르게 해서도 안 된다. 그런 상태에 이르기 전에 우리는 회복recovery이 필요하다. 우리는 초록을 다시 보아야 하고, 파랑과 노랑과 빨강에 새삼스럽게 놀라야 한다(물론 눈을 감는 것은 아니다). 우리는 켄타우로스와 용을 만나야 하고, 그러면 아마도 고대의 목동들처럼 갑자기 양과 개와 말과 또 늑대를 보게 될 것이다. 요정이야기는 우리가 이 회복을 할 수 있도록 도와준다. 요정이야기 취향은 오직 이런 의미에서 우리를 어린이같이 만들거나 그 상태를 지속시킬 수 있다.

회복은 (건강의 회복과 갱신을 포함하는데) 되찾음—맑은 눈을 되찾는 것을 가리킨다. 나는 '사물을 있는 그대로 본다'고 말해서 철학자들 일에 연루되고 싶지는 않다. 다만 조심스럽게 '사물을 (우리 자신과 분리하여) 우리가 보도록 의도되어 있는(혹은 있던) 대로 본다'고는 말할 수 있겠다. 우리는 아무튼 창문을 깨끗이 할 필요가 있고, 그러면 선명하게 드러난 사물은 진부함이나 친숙함이라는 칙칙한 흐림의 상태로부터—소유욕으로부터—해방될 수 있다. 모든 얼굴 중에서 우리 '친지'의 얼굴은 환상적 장난을 치기가 가장 어려운 얼굴이고, 또 같음과 다름을—같은 얼굴이되 독특한 얼굴이라는 점을—파악하고 신선한 관심의 눈으로 제대로 바라보기가 정말로 힘든 얼굴이다. 이 진부함은 사실 '점유 appropriation'에 대한 처벌이다. 진부한 혹은 (나쁜 의미에서) 친숙한 사물은 우리가 법적으로나 정신적으로 점유한 사물이다. 우리는 우리가 그것을 안다고 말한다. 그 반짝거림이나 색깔 혹은 형체가 언젠가 우리를 사로잡은 사물과 같게 되었고, 우리는 그것에 손을 대고 우리 비축물 속에 가두어 우리 것으로 만들었다. 그렇게 우리 것이 되면 눈으로 보는 일은 멈추어진다.

물론 요정이야기가 유일한 회복 방안이거나 상실의 예방책은 아니다. 겸손이면 충분하다. 또한 (특히 겸허한 이들을 위해) '무리퍼크Mooreeffoc'나 체스터튼 판타지가 있다. 무리퍼크는 환상적 단어지만 이 나라 온 마을마다 붙어 있는 것을 볼 수 있다. 디킨스가 어느 날 어두운 런던 거리에서 발견했다고 한 대로, 이 단어는 Coffeeroom을 유리창 안쪽에서 읽었을 때 만들어지는 말이다. 그리고 체스터튼은 진부해진 사물을 문득 새로운 각도에서 보았을 때 드러나는 신기함을 나타내기 위해 이 말을 사용하였다. 이런 식의 '판타지'라면 누구나 충분히 건전한 것으로 인정할 만하며, 소재 또한 결코 부족한 법이 없을 것이다. 하지만 이 판타지의 힘은 제한적일 뿐이라는 것이 나의 생각이다. 그 미덕은 시각의 신선함을 회복하는 것뿐이기 때문이다. 무리퍼크라는 단어는 우리로 하여금 갑자기 잉글랜드를 완전히 낯선 어느 곳으로 인지하게 만들 수 있다. 이를테면 역사 속에서 흘끗 목격한 아득히 먼 옛날 어디거나, 아니면 타임머신으로만 갈 수 있는 희미하고 낯선 미래 어디인 것이다. 그곳에서는 놀랄 만큼 희한하고 흥미로운 주민들의 모습과 함께 그들의 관습과 식습관을 볼 수도 있다. 하지만 그것은 한 지점에 초점을 맞춘 시간 망원경의 작동일 뿐 그 이상은 없다. 창조적 판타지는 주로 뭔가 다른 일(뭔가를 새롭게 만드는 일)을 하려는 시도이고, 따라서 우리의 비축물 창고를 열어 갇혀 있던 모든 것들을 마치 새장의 새처럼 멀리 날려 보낼 수 있다. 모든 보석이 꽃이나 불꽃으로 변하고, 그때야 우리는 우리가 가진(혹은 알고 있는) 모든 것이 위험하고 강력하며, 정말로 사슬에 꼭 묶여 있는 것이 아니라 자유롭고 야성적이라는 경고를 받는다. 그 모든 것이 우리가 아닌 것처럼, 그것들은 우리의 소유 또한 아니기 때문이다.

다른 유형의 운문과 산문에 담긴 '환상적' 요소들 또한, 단지 장식적이거나 일시적이라도 이 해방에 도움이 된다. 하지만 그 도움이 판타지 위에 혹은 그 둘레에 세워지는 요정이야기만큼 그렇게 강력하지는 않다. 후자에서는 판타지가 그 핵심이기 때문이다. 판타지는 1차 세계를 소재로 만들지만, 훌륭한 기술자는 자신의 재료를 사랑하고 또 창조의 예술만이 제공할 수 있는 흙과 돌, 나무에 대한 지식과 감각을 지니고 있다. 그람Gram(북유럽 신화 『볼숭 가의 사가Volsunga Saga』에 나오는 영웅 시그문드의 검—역자 주)을 주조하자 차가운 쇠가 드러났고, 페가수스를 만들자 말이 고귀해졌으며, 태양의 나무와 달의 나무에서 뿌리와 줄기, 꽃과 과실이 영광의 모습을 나타냈다.

요정이야기는 대체로, 혹은 (더 나은 이야기들은) 주로 판타지가 건드리지 않는 단순하거나 근원적인 것들을 다루지만, 이 단순한 것들은 그 배경 때문에 더욱더 빛을 발한다. 스스로 자연과 '서슴없는' 사이가 되기로 마음먹은 스토리 창작자는 자연의 노예가 아니라 자연의 연인이 될 수 있기 때문이다. 내가 처음으로 말의 힘과 사물의 경이, 곧 돌과 목재와 쇠, 나무와 풀, 집과 불, 빵과 포도주의 경이를 직감한 곳이 바로 요정이야기였다.

이제 '도피Escape'와 '위로Consolation'를 검토하면서 글을 맺고자 한다. 이 둘은 당연히 밀접한 관계를 맺고 있다. 물론 유일한 도피의 수단은 아니지만, 요정이야기는 요즘 가장 확실하고 또 (일부에게는) 충격적인 '도피주의' 문학의 범주에 포함된다. 따라서 요정이야기를 검토할 때 당연히 비평 일반에서 사용하는 이 '도피'라는 용어에 대한 약간의 검토를 덧붙일 필요가 있다.

나는 도피가 요정이야기의 주요 기능에 속한다고 주장해 왔고 현재 이 기능들을 부인하지도 않기에, 분명히 말하건대 '도피'라는 말을 문학 비평 외부에서 사용할 때 흔히 따라오는 조롱과 연민의 어조를 수용할 수 없다. 문학 비평 외부에서 사용하는 이 단어의 용례는 절대로 이 어조에 대한 근거가 되지 못한다. 확실한 것은 도피를 폄하하여 사용하는 이들이 '현실'이라고 부르기 좋아하는 곳에서는, 도피가 대체로 매우 실용적이며 심지어 영웅적이기까지 하다는 점이다. 현실 속에서는, 실패하지 않는 한 도피를 비난하기 어렵다. 하지만 비평에서는, 도피는 성공하면 할수록 나쁜 것처럼 보인다. 논란의 여지 없이 우리는 단어의 오용에 직면해 있고, 이는 또한 사고의 혼란이기도 하다. 어떤 사람이 감옥에 갇힌 것을 깨닫고 그곳을 벗어나 집에 가려고 하는 것이, 왜 조롱의 대상이 되어야 하는가? 혹은 그가 그렇게 벗어날 수 없을 때, 교도관이나 감옥의 담장이 아닌 다른 문제에 대해 생각하고 말하는 것은 어떻게 봐야 하는가? 죄수가 바깥세상을 보지 못한다고 해서 그 세상의 사실성이 약화될 리가 없다. '도피'를 이런 식으로 사용한다는 점에서 비평가들은 단어를 잘못 선택한 셈인데, 그들은 '죄수의 도피'를 '탈영병의 도주'와 혼동하고 있는 것이고, 이 혼동은 항상 선의로 인한 잘못 때문만은 아니다. 이는 마치 어느 정당의 대변인이 총통의 나라나 다른 어떤 제국(여기서 총통과 제국은 히틀러와 당시 독일을 가리킴—역자 주)의 고난으로부터 탈출하는 것은 물론 제국을 비판하는 것까지도 반역이라고 규정하는 것과 마찬가지이다. 같은 방식으로 이 비평가들은 이 조롱의 딱지를 탈주뿐만 아니라 진정한 도피 및 흔히 이와 함께 오는 혐오와 분노, 비난, 반란에 대해서도 붙이고 있는데, 이는 앞의 혼란을 악화시키고 나아가 상대방에 대한 경멸까지 이어진다. 그들은 죄수의 도피를 탈영병의 도주와 혼동할 뿐만 아니라 '부역자'의 묵종을 애국자의 저항보다 선호할 조짐까지 보이기도 한다. 그와 같은 생각에 대해 우리는 '당신이 사랑한 나라는 운이 다했습니다'라는 말로 우리의 반역에 대한 변명, 실질적으로는 반역에 대한 찬양을 선포하면 된다.

사소한 사례 하나. 당신의 이야기 속에 대량생산 방식으로 제조된 전기 가로등을 언급하지 않는 것(사실상 과시하듯 자랑하지 않는 것)은 (그런 의미에서) 도피이다. 하지만 이는 어쩌면—거의 확실하지만—로봇 시대(21세기가 아니라, 자동화 기계를 사용한 공장식 대량생산 시대를 가리킴—역자 주)의 전형적 산물에 대한 심사숙고 끝의 혐오에서 비롯된 것으로, 이 시대는 수단의 정교성과 창의성을 흉측함과 결합하고 또 (흔히) 결과의 열등성과 결합하기 때문이다. 이 가로등들은 순전히 나쁜 등이기 때문에 이야기에서 배제될 수도 있고, 또한 이 사실에 대한 깨달음이 이 스토리에서 배우는 교훈 중의 하나일 수도 있다. 여기서 크게 공격이 들어오는데, 그들은 '전등은 오래 살아남는다'라는 말로 응수한다. 오래전 체스터튼이 정곡을 찌르는 말을 한 적이 있는데, 그는 무엇이든지 '오래 살아남았다'라는 말을 들으면 그것이 금방 대체되리라는—사실 가련하게도 쓸모없고 초라한 것으로 간주된다는—것을 알고 있었다. "과학의 진군은 전쟁의 요구에 따라 템포가 빨라지면서 거침없이 계속되어 […] 어떤 것들은 쓸모없게 만들고, 전기의 이용에는 새로운 발전이 있을 것임을 예고하고 있다." 어떤 광고 내용이다. 똑같은 이야기를 다만 더 위협적으로 하고 있을 뿐이다. 사실 전기 가로등은 단순히 너무 하찮고 곧 없어질 것이라는 이유만으로도 무시할 만하다. 요정이야기에는 적어도 더 영원하면서도 근본적인 이야깃거리가 많이 있다. 이를테면 번개가 그렇다. 도피주의자는 자신의 적들처럼 덧없는 유행의 변덕에 굴종하지 않는다. 그는 (꽤 당연히 나쁘다고 할 수 있는) 어떤 것들을 피할 수 없다거나 심지어 '거침없다'는 이유로 숭배함으로써 이들을 자기 주인이나 신으로 모시는 일을 하지 않는다. 그런데 그렇게 경멸하기 좋아하는 그의 적들은 도피주의자가 여기서 멈출 것이라고 자신할 수 없다. 그가 사람들을 일으켜 세워 가로등을 끌어 내릴지도 모르기 때문이다. 도피주의는 또 하나 더 사악하기까지 한 얼굴을 지니고 있다. 바로 '반동Reaction'이다.

얼마 전 일인데—믿기 힘들기는 하지만—옥스퍼드에서 공부하는 어떤 분이 대량 생산을 하는 로봇 공장이 근처에 들어오는 것과 스스로 길을 막는 기계식 교통 수단이 내는 굉음을 '환영한다'고 단언하는 것을 들었다. 대학이 '실생활과 접촉'하게 되었다는 이유였다. 그의 말은 어쩌면 20세기의 인간들이 살아가고 일하는 방식이 걱정스러운 속도로 야만을 향해 치닫고 있다는 뜻이었을 수도 있다. 또한 옥스퍼드 거리에서 큰소리로 이런 주장을 편다는 것이, 비이성의 사막에서 상식의 오아시스를 지키는 일이 공격적 실제 행동(실현 가능하면서도 지적인) 없이 그저 울타리를 치는 것만으로는 긴 시간 유지되기 어렵다는 경고로 느껴지기도 했다. 내가 잘못 읽은 것이 아니기를 바란다. 어쨌든 이 맥락에서 '실생활'이란 말은 학술적 기준에는 미치지 못하는 것 같다. 자동차가 가령 켄타우로스나 용보다 더 '살아 있다'는 것은 희한한 생각이다. 자동차가 가령 말보다 더 '사실적'이라고 하는 것은 한심할 만큼 황당한 이야기이기 때문이다. 느릅나무와 비교해서 공장 굴뚝은 도대체 얼마나 사실적이며, 얼마나 놀랄 만큼 살아 있는가. 한심하고 쓸모없는 짓거리구나, 도피주의자의 공허한 꿈이여!

블레츨리 기차역의 지붕이 구름보다 더 '사실적'이라는 말을 나로서는 납득할 수 없다. 예술 작품으로 볼 때 그 지붕은 전설 속의 둥근 하늘보다 영감을 주는 힘이 약하다. 4번 플랫폼으로 넘어가는 다리는 내 눈에는 걀라르호른을 들고 헤임달이 지키는 비프로스트 다리보다 주의를 덜 끈다(헤임달은 북유럽 신화의 신으로, 뿔피리 걀라르호른을 들고 신들의 땅 아스가르드로 들어가는 무지개 다리 비프로스트를 지킨다—역자 주). 나는 마음속 원시의 깊은 곳에서, 철도 기술자들이 더 많은 판타지 교육을 받았더라면 그들의 풍부한 도구를 가지고 평소보다 더 일을 잘 해내지 않았을까 하는 의문을 떨칠 수 없다. 요정이야기는 내가 언급한 그 공부하는 분보다 더 훌륭한 문학 서사일 수 있다고 나는 짐작한다.

(추정컨대) 그와 (분명히) 그 밖의 사람들이 '순수serious' 문학이라고 부르게 마련인 많은 작품은 시립 수영장 옆에 있는 유리 지붕 밑에서 하는 놀이와 다를 바 없다. 요정이야기는 공중을 날아다니거나 바닷속에 사는 괴물을 만들어 내기도 하지만, 적어도 그 괴물은 하늘이나 바다에서 도피하려 하지 않는다.

그리고 우리가 만약 '판타지'를 잠시 논외로 제쳐 둔다면, 나는 요정이야기의 독자나 창작자가 의고주의archaism의 '도피'를 부끄러워할 필요도 없다고 생각한다. 용이 아니라 말馬과 성城, 범선과 활, 화살을 더 좋아하는 것도 부끄러워할 필요가 없고, 요정들뿐만 아니라 기사와 왕, 사제들을 좋아하는 것도 마찬가지이다. 이성적인 사람이라면 (요정이야기나 로맨스와 전혀 무관하게) 심사숙고 끝에 결국 공장이나 기관총 및 폭탄과 같은 진보의 산물들에 대한 규탄에 도달하는 것이 가능하다. 이것들이야말로 가장 자연스럽고 필연적인, 감히 말하자면 '냉혹한' 산물이며, 이것들에 대한 규탄은 적어도 '도피주의' 문학의 침묵 그 자체에 내재한 것이다.

"현대 유럽인들의 삶에서 조야함과 추함은"—우리가 반갑게 맞이해야 하는 그 실생활—"생물학적 열성劣性의 표시이자 환경에 대한 불충분한 혹은 잘못된 대응의 표시이다."[36] 게일풍의 어느 괴이한 스토리에서 아무리 황당무계한 성城이 거인의 자루에서 튀어나온다 해도, 그것은 로봇 공장보다는 훨씬 덜 흉할 뿐만 아니라, 또한 (매우 현대적인 표현을 쓰자면) '매우 진정한 의미에서' 엄청나게 더 사실적이다. 우리는 왜 "엄숙한 아시리아풍" 실크모자의 황당무계함이나 몰록과 같은 공장의 공포로부터 피해 달아나거나, 이를 비난하지 못하는가? 이것들은 모든 문학 중에서 가장 도피주의 성향이 강한 공상과학 스토리 작가들로부터도 비난받고 있다. 이 예언자들은 흔히 거대한 하나의 유리 천장으

---

[36] 크리스토퍼 도슨, 『발전과 종교』, 58, 59쪽. 나중에 그는 이렇게 덧붙인다. "실크모자와 프록코트가 결합한 완벽한 빅토리아조 성장盛裝은 의심할 바 없이 19세기 문화의 본질적인 무엇을 표현하였고, 그리하여 그 문화와 함께 이전의 어느 복식 패션에서도 볼 수 없는 방식으로 전 세계에 퍼져 나갔다. 우리 후손들은 거기서 일종의 엄숙한 아시리아풍 아름다움, 곧 그것을 창조해 낸 무자비하고 위대한 시대에 부합하는 상징물을 간파해 낼 것이다. 하지만 아무리 그렇다 해도 이 복장은 모든 복식이 지녀야 하는 직접적이고 필연적인 아름다움을 놓치고 있는데, 이는 그 모태가 되는 문화와 마찬가지로 자연의 삶, 나아가 인간 삶과의 접촉 또한 놓치고 있기 때문이다."

로 덮인 기차역 같은 세상을 예견한다(많은 이들이 이를 동경하는 것 같다). 그러나 대개 그들에게서 그와 같은 세계 도시에서 인간이 무엇을 '할지' 알아내는 것은 무척 어려운 일이다. 그들은 (지퍼 달린) 헐렁한 옷을 입으려고 '완벽한 빅토리아조 성장'을 포기하기도 하지만, 외견상 그들이 이 자유를 이용하는 이유는 주로 고속으로 움직이는, 금방 싫증나는 게임에서 기계 장치 인형과 놀기 위해서이다. 이들의 이야기 몇 편으로 판단해 보건대 그들은 여전히 옛날같이 음란하고 복수심에 불타며 탐욕으로 가득할 것이다. 그들 중 이상주의자들의 이상은 같은 종류의 더 많은 도시를 다른 행성에 건설한다는 찬란한 구상 너머에는 이르지 못하고 있다. 사실상 '목적은 악화되고 수단은 향상된' 시대인 셈이다. 우리의 행적이 얼마나 추하고 또 악한지 스스로 예민하게 의식하고 있다는 사실은 바로 이 같은 시대의 필연적 질병의 일부로—여기서 도피, 곧 삶으로부터의 도피가 아닌 우리 시대와 우리가 자초한 고난으로부터 도피하려는 욕구가 생겨난다. 따라서 우리가 보기에 악함과 추함은 분리 불가능하게 서로 묶여 있다. 악과 아름다움을 함께 상상한다는 것은 어려운 일임을 우리는 깨닫는다. 우리의 지각은 상고의 시대를 활주하던 아름다운 요정에 대한 공포를 거의 감지하지 못한다. 더욱더 놀라운 것은, 선함 그 자체가 고유의 아름다움을 상실하고 있다는 것이다. 요정나라에서 우리는 악몽처럼 흉측한 성을 소유한 괴물을 (괴물의 악의가 그렇게 원하기 때문이다) 상상해 볼 수 있지만, 선한 목적으로 지어진 집—여관, 여행자들을 위한 숙박 시설, 덕망 높고 고귀한 왕의 저택—이 끔찍하게 추한 모습은 상상할 수 없다. 오늘날은 추하지 않은 집을 찾아내기를 기대한다면 경솔한 일일 것이다—우리 시대 이전에 지어진 집이 아니라면 말이다.

하지만 이것은 현대에 나타난 요정이야기의 특별한 (혹은 우연한) '도피주의' 양상으로, 요정이야기는 이를 로맨스 및 과거로부터 내려오는 혹은 과거에 관한 다른 스토리들과 공유한다. 사람들이 대체로 자기 손으로 만든 것에 기쁨을 느끼던 시대부터 이제 많은 사람이 인간이 만든 물건에 역겨움을 느끼는 우리 시대까지 살아남는 과정에서, 과거로부터 내려오는 많은 스토리는 '도피주의적'인 것이 되었을 뿐이다.

하지만 동화와 전설에 항상 나타나는, 또 다른 더 근원적인 '도피주의'가 있다. 내연 기관의 소음과 악취, 무자비, 무절제보다 더 암울하고 끔찍한, 우리가 달아나야 할 다른 것들이 있다. 기아와 갈증, 가난, 고통, 슬픔, 불의, 죽음 들이다. 인간이 이같이 어려운 상황에 맞닥뜨리지 않을 때에도, 요정이야기가 일종의 도피를 제공하는 오래된 제약들이 있고, 또한 요정이야기가 일종의 만족과 위로를 제공하는 (바로 판타지의 뿌리까지 건드리는) 오래된 야망과 욕망 들이 있다. 그중 일부는 용서할 만한 약점이거나 호기심 들이다. 이를테면 물고기처럼 자유롭게 깊은 바닷속에 들어가거나, 혹은 한 마리 새처럼 고요하고 우아하게 효율적으로 비상하려는 갈망이다. 비행기는 하늘 높이서 바람을 타고 멀리서 소리 없이 햇빛 속을 선회하는 드문 순간을 제외하고는, 정확히 다시 말해 실재가 아니라 상상 속의 순간일 경우를 제외하고는 이 갈망을 기만할 뿐이다. 더 심오한 욕망들, 이를테면 다른 살아 있는 생명체와 교감하려는 갈망도 있다. 대체로 동화 속의 짐승이나 생명체가 말을 하는 것이나, 특히 그들의 실제 발화를 마법처럼 알아듣는 것은 '태초의 타락'만큼이나 오래된 이 욕망에 근거하고 있다. 이 지점이 출발점으로, 이를 기록조차 없는 과거의 인간들이

겪은 의식의 '혼란'—'우리 자신과 짐승을 분리하는 감각의 부재'라고 주장하는 것[37]—이라고 보는 것은 잘못이다. 이 분리에 대한 생생한 감각은 매우 오래된 것이고, 일종의 단절감이기도 하다. 이상한 운명처럼 죄책감이 우리를 엄습하기 때문이다. 다른 피조물들은 인간이 관계를 단절한 다른 나라와 같아서, 이제 인간은 그들과 전쟁을 하거나 아니면 불편한 휴전 상태로 멀리 밖에서만 그들을 바라본다. 소수의 사람들만 약간이나마 바깥세상을 여행할 특전이 주어지고, 다른 사람들은 여행자의 이야기에 만족하는 수밖에 없다. 개구리 이야기도 그렇다. 막스 뮐러는 꽤나 독특하고 널리 퍼진 요정이야기 「개구리 왕」 이야기를 하다가 고지식하게 이런 질문을 한다. "도대체 어떻게 그런 스토리를 상상했을까? 우리는 인간이 언제나 개구리와 공주의 결혼이 황당한 일이라는 것을 알 만큼 충분히 똑똑했으리라 기대할 수 있다." 사실 우리는 정말로 그런 기대를 할 수 있다! 그렇지 않으면, 이 스토리는 본질적으로 황당함이라는 감각에 의존하기 때문에, 스토리의 핵심을 찾을 수 없기 때문이다. 민속에서 이 이야기의 기원을 찾는 것은(혹은 기원

---

[37] 뒤의 주석 G 참조(141쪽).

에 대한 추측까지도) 완전히 핵심에서 벗어난 이야기이다. 토템 숭배를 따지는 것도 쓸모없는 일이다. 이 스토리 뒤에 개구리와 우물에 관한 어떤 관습이나 신앙이 있든 간에, 분명한 것은 개구리가 그렇게 괴이하고 또 그 결혼이 황당하고 사실상 역겹기까지 하다는 바로 그 이유로, 요정이야기[38] 속에 개구리의 형체가 있었고 또 지금까지 유지되고 있다는 점이다. 다만 우리와 관련이 있는 게일어, 독일어, 영어 버전들에는[39] 사실상 공주와 개구리의 결혼식이 없다. 개구리가 마법에 걸린 왕자였기 때문이다. 스토리의 핵심은 개구리를 가능한 짝으로 볼 수 있느냐가 아니라, 약속을 (견딜 수 없는 결과가 딸린 경우에도) 꼭 지켜야 하느냐에 있다. 이는 금제의 준수와 함께 모든 요정나라를 관류하는 원칙이다. 이것은 요정나라 뿔피리의 음조에 속해 있으며, 그 음조는 흐릿하지도 않다.

마지막으로, 가장 오래되고 가장 깊은 욕망인 '위대한 도피', 곧 '죽음으로부터의 도피'가 있다. 요정이야기는 이에

---

[38] 혹은 유사한 스토리들의 집합.

[39] 「물을 마실 어떤 '우물'을 찾아 나선 여왕과 로르간The Queen who sought drink from a certain Welland the Lorgann」(캠벨, 23쪽), 「개구리 왕자Der Froschkönig」, 「하녀와 개구리The Maid and the Frog」.

대한 많은 사례와 양식을 제공하며, 혹시 이름을 붙이자면 진정한 '도피주의' 혹은 (말하자면) '탈주脫走의' 정신이라고 할 만하다. 하지만 다른 스토리들(특히 과학적 영감으로 쓰인 것들)도 같은 일을 하고 있고 다른 학문도 마찬가지이다. 요정이야기는 인간이 만드는 것이지 요정이 만드는 것이 아니다. 요정들의 '인간 이야기'는 의심의 여지 없이 '불사로부터의 탈출'로 가득하다. 하지만 우리의 스토리가 항상 우리의 통상적 수준을 넘어설 것이라고 기대할 수는 없다. 때로 넘어서기도 한다. 요정이야기가 가장 확실하게 가르쳐 주는 교훈은, '탈주자'들이 찾아가는 그런 유형의 불사 혹은 끝없이 반복되는 삶이 짐이라는 사실이다. 예나 지금이나 여전히 요정이야기는 특별히 그 같은 가르침을 주는 경향이 있다. 죽음은 조지 맥도널드에게 가장 큰 영감을 주었던 주제이다.

하지만 동화가 주는 '위로'에는 오래된 욕망들에 대한 상상적 충족 말고 다른 측면이 있다. 훨씬 더 중요한 것이 바로 '행복한 결말이 주는 위로'이다. 무척 조심스럽게 나는 모든 완전한 요정이야기에는 이것이 있어야 한다고 주장하고자 한다. 적어도 내가 말하려고 하는 것은, 비극은 드라마의 진정한 형태, 곧 그 최고의 기능이지만, 그 반대의 경우는 요정이야기에 나타난다는 것이다. 이 반대의 경우를 나타내는 단어가 없는 것 같아서—나는 이를 '선한 파국 Eucatastrophe'이란 말로 부르고자 한다. '선한 파국'의 이야기는 동화의 진정한 형태이며, 그 최고의 기능이다.

요정이야기가 주는 위로, 행복한 결말의 기쁨, 좀 더 정확하게는 선한 파국의 기쁨, 갑작스러운 기쁨의 '선회turn'(어느 동화에도 진정한 결말은 없기 때문이다),[40] 이 기쁨은 요정이야기가 최고로 잘 만들 수 있는 것이며, 본질적으로 '도피주의적'이거나 '탈주'의 양상이 아니다. 그 동화적—혹은 다른 세계로 설정된—배경에서 이 기쁨은 갑작스럽고 기적적인 은총이며, 절대로 되풀이되리라고 기대하기 어려운 것이다. 그것은 '악한 파국dyscatastrophe', 곧 슬픔과 실패의 존재를 부정하지 않는다. 이들의 존재 가능성은 바로 구원의 기쁨을 위해 필요한 것이기 때문이다. 이 기쁨은 (원한다면 많은 증거에도 불구하고) 보편적인 최종의 패배를 부정하며, 또 그만큼의 '복음evangelium'이 되어 '기쁨Joy', 곧 세상의 벽 너머에 있는, 슬픔만큼이나 가슴 저미는 '기쁨'을 일별

---

[40] 뒤의 주석 H 참조(142쪽).

하게 해 준다.

사건이 아무리 무모하고, 모험이 아무리 환상적이고 무섭다 해도, 이야기를 듣는 어린이나 어른에게 그 '선회'가 당도하는 순간 눈물이 날 만큼 (혹은 사실상 눈물이 뒤따르도록) 숨이 턱 막히고, 가슴이 뛰고 고양되는 느낌을 줄 수 있다면, 그것은 좋은 요정이야기, 더 상급의 더 완전한 유형의 요정이야기라는 표시이다. 이 느낌은 어떤 형태이든 문학 예술이 제공하는 그 무엇만큼이나 강렬하며, 독특한 특성을 지니고 있다.

심지어 현대의 요정이야기도 가끔은 이 효과를 만들어 낼 수 있다. 쉬운 일은 아니다. 그 효과는 선회의 배경이 되는 스토리 전체에 달려 있지만, 거기서 반영하는 영광은 과거로 거슬러 올라가는 것이기 때문이다. 이 측면에서 어느 정도 성공을 거두는 이야기라면, 어떤 흠이 있든 목적이 얼마나 뒤섞이고 혼란스럽든 전적으로 실패했다고 할 수는 없다. 사실 여러 측면에서 만족스럽지 못하지만, 앤드루 랭이 직접 쓴 요정이야기 「프리지오 왕자」에서도 이를 확인할 수 있다. "살아서 나타난 기사들이 칼을 높이 들고 '프리지오 왕자 만세'라고 외쳤을" 때, 그 기쁨은 서술된 사건보다 광대한, 낯선 신화적 요정이야기의 특성을 조금이나마 담아내고 있다. 만약 서술된 사건이 몸체가 되는 스토리보다 더 진지한 요정이야기 '판타지'의 성격을 약간이라도 지니고 있지 않았다면, 랭의 이야기에서는 그런 특질을 찾을 수 없었을 것이다. 이 스토리의 몸체는 대체로 왕궁을 그린 세련된 동화conte에 나오는 반쯤 조롱하는 웃음을 담고 있어서 좀 더 가벼운 편이기 때문이다.[41] 훨씬 더 강력하고 가슴 저미는 효과가 어느 진지한 요정나라 이야기에 나온다.[42] 그런 스토리에서 갑작스러운 '선회'가 일어날 때, 우리는 기쁨과 마음속 소망을 짜릿하게 일별하게 되는데, 그 소망은 잠시 액자 바깥으로 나와 사실상 바로 그 스토리의 그물을 찢어 한 가닥 희미한 빛이 스며들게 한다.

> 길고 긴 7년을 봉사한 것은 당신을 위해서였습니다,
> 유리 언덕을 기어오른 것은 당신을 위해서였습니다,

[41] 이 점이 랭 특유의 흔들리는 균형 감각이다. 표면적으로 스토리는 풍자적 비틀기가 포함된 프랑스 '궁정 동화'의 추종, 특히 새커리William Thackeray의 『장미와 반지Rose and the Ring』의 추종으로, 이 유형은 피상적이고 심지어 경박하기까지 해서 본질적으로 그렇게 심오한 무엇을 만들어 내거나 이를 목표로 삼을 수가 없다. 하지만 깊은 바닥에는 낭만적인 랭의 보다 깊은 영혼이 숨어 있다.

[42] 랭이 '전통적'이라고 부르며 정말로 좋아했던 유형.

피 묻은 윗도리를 쥐어짠 것은 당신을 위해서였습니다,
그러니 이제 깨어나 저를 돌아봐 주실래요?

'그는 그 노래를 듣고 그녀를 돌아보았다.'[43]

에필로그

진정한 요정이야기(혹은 로맨스)의 표시, 혹은 그 위에 찍은 봉인으로 내가 선택한 이 '기쁨'이란 단어는 더 많은 검토를 요한다.

아마도 2차 세계, 곧 판타지를 만드는 모든 작가, 모든 하위 창조자는 어느 정도는 스스로 진정한 창조자가 되기를 희망하거나, 자신이 실재를 그리고 있다고 소망하게 마련이다. 즉, 이 2차 세계의 독특한 특성이 (세부 사항 모두는 아닐지언정)[44] 실재로부터 유출되거나 혹은 실재 속으로 유입되기를 바라는 소망이다. 그런데 사실 사전적 정의로 정당

---

[43] 「노로웨이의 검은 황소」.

[44] 세부 사항이 모두 '사실'이 아닐 수 있기 때문이다. '영감'이 무척 강력하고 지속력이 좋아 전체에 생기를 불어넣고, 그저 평범한 '창작'에 해당하는 것은 많이 남겨 두지 않기란 거의 불가능한 일이다.

하게 서술될 수 있는 어떤 특성, 말하자면—'실재에 상응하는 내적 일관성'—을 확보한다 해도, 작품이 어떤 식으로든 실재를 담고 있지 못한다면, 이 일이 어떻게 된 것인지 이해하기 어렵다. 그런 점에서 성공한 판타지에서 만나는 '기쁨'이라는 독특한 특성은 그 바탕에 있는 실재 혹은 진실에 대한 갑작스러운 일별로 설명할 수 있다. 그것은 단순히 이 세상의 슬픔에 대한 '위로'일 뿐만 아니라, 하나의 충족이며 또 '이거 정말이에요?'라는 바로 그 질문에 대한 대답이기도 하다. 내가 처음 이 질문에 대해 내놓은 대답은 (꽤 맞는 말인데) 이러했다. '당신의 작은 세계를 잘 만들었다면, 그렇다. 그건 그 세계에서 진실한 것이다.' 이 대답은 그 예술가(혹은 그 예술가의 예술가적인 부분)에게는 충분하다. 하지만 '선한 파국'에서 우리는 순간의 환상을 통해 그 대답이 더 위대한 것일 수도 있음—현실 세계에서는 멀리서 어렴풋이 보이는 '복음'의 빛이나 메아리일 수 있음—을 목격한다. 이 단어를 통해 나는 에필로그에 대해 살짝 암시하는 셈이다. 이는 진지하면서도 위험한 문제이다. 나로서는 이런 주제를 건드린다는 것이 주제넘은 일이다. 은혜롭게도 내가 하는 말이 어떤 면에서 약간의 타당성이 있다 해도,

물론 그것은 셀 수 없이 풍성한 어떤 진실의 일면에 불과하다. 그것이 유한한 이유는, 이 작업의 목적인 인간에게 그 능력이 유한하기 때문이다.

감히 말하건대 이 방향에서 '기독교적 스토리'에 접근하는 것에 대한 나의 오랜 느낌(기쁜 느낌)은, 타락했지만 창조하는 피조물인 인간을 하느님이 그들의 이상한 본성 중에서 다른 측면만큼이나 이 측면에 맞는 방식으로 구원하셨다는 것이다. 복음서에는 요정이야기, 혹은 요정이야기들의 모든 진수를 포용하는 더 큰 유형의 스토리가 들어 있다. 그 속에는 많은 신기한 이야기—특히 예술적이고[45] 아름답고 감동적인 이야기들이 있다. 완벽한 자기충족적 의미에서 '신화적인' 이야기도 있고, 그 신기한 이야기들 중에는 가장 위대하고 가장 완전하며 상상 가능한 선한 파국이 들어 있다. 하지만 이 스토리는 역사 속으로, '1차 세계' 속으로 들어왔다. 하위 창조의 소망과 열망은 '창조'의 완성에 이를 만큼 높아졌다. 그리스도의 탄생은 인류 역사의 선한 파국이다. 부활은 성육신 스토리의 선한 파국이다.

---

[45] 여기서 예술은 이야기 방식에 있다기보다 스토리 그 자체에 있다. 왜냐하면 그 스토리의 '저자'는 복음사가福音史家들이 아니었기 때문이다.

이 스토리는 기쁨에서 시작하여 기쁨으로 종료한다. 이 스토리는 절대적으로 '실재에 상응하는 내적 일관성'이 있다. 지금까지 어떤 이야기도 이만큼 인간들이 진실이라고 인정할 만한 이야기는 없으며, 그토록 많은 회의적인 사람들을 이야기 자체의 힘만으로 그것이 진실임을 받아들이게끔 한 이야기도 없다. 이 이야기의 예술에는 1차 예술, 곧 '창조'의 지극히 확고한 어조가 담겨 있기 때문이다. 이를 거부한다는 것은 슬픔이나 분노로 향하는 길일 뿐이다.

특별히 아름다운 한 편의 요정이야기가 '1차 세계적으로' 진실한 것으로 드러나면서, 고유의 신화적·알레고리적 의미를 반드시 상실할 필요 없이 그 서사가 역사가 된다면, 그때 우리가 느낄 특별한 감격과 기쁨을 상상하기란 어렵지 않다. 이는 우리가 알지 못하는 성질의 그 무엇을 상상해 보라는 요구를 받은 것이 아니기에 어렵지 않다. 이 기쁨은 요정이야기의 '선회'가 주는 기쁨과 정도만 같지 않을 뿐 명백히 똑같은 성질을 띨 것이다. 그런 기쁨에는 바로 그 1차적 진실의 맛이 있기 때문이다(그렇지 않다면 기쁨이라 이름 붙일 수 없을 것이다). 이 기쁨이 앞쪽으로(혹은 뒤쪽으로—여기서 방향은 중요하지 않다) 바라보는 곳은 '위대한 선한 파국'이다. 기독교에서 말하는 기쁨 '글로리아Gloria'도 성격은 같다. 하지만 그것은 절대적으로(만약 우리의 능력이 유한하지 않다면, 무한하게) 고귀하고 기쁨에 차 있다. 이 스토리는 지고至高의 것이며, 또 진실이기 때문이다. 예술은 확인되었다. 하느님은 천사들과, 인간들과—요정들의 주님이시다. 전설과 역사가 만나 결합한 것이다.

하지만 하느님의 왕국에서는 가장 위대한 자의 존재로 인해 작은 자들이 억압받지 않는다. 구원받은 인간은 여전히 인간이다. 스토리와 판타지는 여전히 진행 중이고 또 그래야 한다. 복음은 전설을 폐기하지 않았고, 오히려 전설을, 특히 '행복한 결말'을 성화聖化하였다. 그리스도인은 육체뿐만 아니라 정신으로도 여전히 노동하고, 고통받고, 소망하고, 또 죽어야 한다. 그러나 이제 그는 자신의 모든 소질과 재능은 구원에 이를 수 있는 하나의 목적을 품고 있음을 깨달을 것이다. 그가 선사받은 풍성한 선물은 너무나 큰 것이어서, 아마도 이제 그는 잎이 피어나고 겹겹의 옥토가 이루어지는 창조의 작업에 자신이 판타지로 실제로 기여할 수 있음을 꽤나 담대하게 알아차릴 수 있을 것이다. 모든 이야기는 진실이 될 수 있다. 하지만 최종적으로 구원받더라도 이야기는 우리가 그것들에 부여하는 형태와 같으면서 또 다를 수도 있는데, 이는 마치 인간이 마침내 구원받으나 우리가 알고 있는 타락한 인간과 같으면서 또 다를 수 있는 것과 마찬가지이다.

주석

A (39쪽)

바로 그 이야기들의 '신기한 것'의 뿌리는 (용도뿐만 아니라) 풍자, 곧 비이성에 대한 조롱이다. '꿈'이라는 요소는 단순히 이야기의 도입이나 마무리를 위한 장치가 아니라 사건과 장면 전환에 내재해 있기 때문이다. 어린이들은 혼자 놓아두면 이런 것들을 인지하고 또 감상할 수 있다. 하지만 내게도 그랬듯 많은 사람에게 『앨리스』는 요정이야기로 제시되고 있고, 이 오해가 지속되는 한 이 '꿈 장치'에 대한 거부감 또한 없을 수 없다. 『버드나무에 부는 바람The Wind in the Willows』에는 꿈에 대한 암시가 없다. "두더지는 그의 작은 집 봄맞이 청소를 하느라 아침 내내 무척 바빴다." 이야기는 이렇게 시작하고 이 정확한 어조가 유지된다. 더욱더 놀라운 것은 이 특별한 책에 엄청난 찬사를 보낸 A.A. 밀른Milne이 이 작품을 드라마로 만들면서 도입부에 어린아이가 수선화와 통화하는 '기발한' 장면을 집어넣었다는 점이다. 어쩌면 이 점은 그리 놀랄 일이 아닐지도 모른다. 왜냐하면 이 책에 (엄청난 찬사를 보낸 사람과 달리) 예리한 식견으로 찬사를 보낸 이라면 아예 드라마로 만들려는 시도조차 하지 않았을 것이기 때문이다. 물론 이런 형태로 재현이 가능한 것은 좀 더 단순한 요소들이나 무언극 및 풍자적 동물 우화 요소들이다. 이 연극은 낮은 수준의 드라마로는 꽤 재미있는 편이고, 특히 책을 읽지 않은 이들은 그렇게 느낄 것이다. 하지만 〈두꺼비 집의 두꺼비Toad for Toad Hall〉(밀른이 연극으로 각색한 작품명—역자 주)를 관람하러 내가 데려갔던 몇몇 어린이는 돌아오면서 도입부에 구역질이 났던 기억뿐이라고 했다. 다른 어린이들은 책을 읽었던 기억을 더 좋아했다.

B (67쪽)

물론 이 세부 사항들은 대개 '그것들이 실제로 행해지던 시기에도' 이야기 속으로 들어오는데, 이들이 스토리 구성을 위한 가치가 있기 때문이다. 만약 내가 어떤 사람이 교수형을 당하는 사건이 들어 있는 스토리를 쓸 때, 후대에도 그 스토리가 남게 된다면—이는 스토리가 그 자체로 국지적이거나 일시적인 것을 넘어 뭔가 영속적 가치를 지니고 있다는 표지인데—'아마도' 사람들이 실제 법 집행으로 교수형을 당하던 시기에 이 스토리가 쓰였을 것이라고 짐작할 수 있을 것이다. '아마도'라고 한 것은, 미래의 그 시점에서 이 추정이 확실치는 않을 것이기 때문이다. 그 지점에서 확실성을 담보하려면 미래의 질문자는 정확히 언제 교수형이 행해졌고, 내가 언제 살았는지 알아야 할 것이다. 내가 그 사건을 다른 시대나 다른 장소, 다른 스토리에서 가져왔을 수도 있고, 순전히 내 창작일 수도 있기 때문이다. 하지만 이 추정이 옳다고 하더라도, 교수형 장면은 다음의 이유에서만 스토리 속에 등장할 수 있을 것이다. 즉, (a) 내 이야기 속에서 이 사건이 지니는 극적이고 비극적인 혹은 섬뜩한 힘을 내가 인지하고 있기 때문에, 그리고 또한 (b) 이를 전수해 준 이들이 그 사건을 보전할 만큼 충분히 그 힘을 느꼈기 때문이다. 시간적 거리와 순전히 오래되었다는 점, 그리고 생경함은 나중에 이 비극 혹은 공포의 칼날을 더 날카롭게 할 수도 있겠지만, 고대 요정의 숫돌이 이를 벼리기 위해서라도 칼날은 거기에 있어야 한다. 따라서 어떤 경우든 문학비평가들이 아가멤논의 딸 이피게네이아와 관련하여 묻거나 답을 할 때 가장 쓸데없는 질문은 바로 이것이다. 이피게네이아를 아울리스에서 바치는 전설은 인신 공양이 일반적으로 행해지던 시대에서 유래한 것인가?

나는 '대체로 그렇다'고 답할 수밖에 없다. 오늘날 '스토리'라고 불리는 것은 옛날에는 의미가 다른 무엇, 예를 들어 사실 혹은 의식儀式의 기록이었다고 볼 수도 있기 때문이다. 여기서 '기록'이란 말은 엄격한 의미에서 사용한 것이다. 의식(때로는 빈번하게 개최되었다고 추정되는 행사)을 설명하기 위해 만들어진 스토리는 기본적으로 한 편의 스토리로 존재한다. 스토리는 그에 상응하는 형태를 취하고, (의식이 끝나고 분명히 한참 뒤에는) 오로지 스토리적 가치 때문에 유지된다. 어떤 경우에는 단지 희한하다는 이유만으로 현재 주목을 받는 세부 사항들이, 한때는 너무 일상적이고 눈에 띄지 않아서, 가령 어떤 사람이 '모자를 들었다'거나 '기차를 탔다'는 언급처럼 아무렇지도 않게 포함되었다. 그와 같은 사소한 세부 사항들은 일상의 습관이 변화하는 가운데 긴 시간 살아남지는 못할 것이다. 구전의 시대에는 그랬다. 글(과 급격한 습관의 변화)의 시대가 오면, 사소한 세부 사항에 있어서도 스토리는 진기함이나 기묘함의 가치를 얻을 만큼 충분히 오랫동안 변하지 않고 남게 될 수 있다. 디킨스 작품의 많은 부분이 현재 이런 느낌을 준다. 지금도 우리는 현재 존재하는 스토리 속 상황과 동일한 일상이 전개되던 당시에 독자들이 구입하여 처음 읽던 그의 소설을 펴서 읽을 수 있다. 다만 이제 그 일상의 세부 사항들은 이미 우리의 일상 관습으로부터 엘리자베스 1세 시대만큼 저 멀리 떨어져 있을 뿐이다. 하지만 그것은 현대에 와서 가능해진 특별한 상황일 뿐이다. 인류학자들과 민속 연구자들은 그런 유형의 상황을 전혀 상상하지 못한다. 만약 그들이 문자가 없는 구전의 전달 방식을 다룬다면, 그런 경우에 자신들이 다루고 있는 대상의 1차 목표가 스토리 만들기이며 또한 그 대상의 1차 생존 이유 역시 마찬가지라는 사실에 대해 더욱더 깊이 생각해 보아야 할 것이다. 「개구리 왕자」(120~121쪽 참조)는 신앙 고백도 아니고 토템 법칙 설명서도 아니다. 그것은 분명한 교훈을 담고 있는 희한한 이야기일 따름이다.

C (70쪽)

내가 알고 있기로는 어려서 글쓰기에 재능을 보이는 어린이들은 요정이야기가 그들이 알고 있는 거의 유일한 문학 형태가 아닌 한, 특별히 이를 시도하려는 경향을 보이지는 않으며 또 시도하더라도 아주 확실하게 실패한다. 이는 쉬운 양식이 아니기 때문이다. 어린이들이 특별히 선호하는 경우가 있다면 동물 우화인데, 어른들은 흔히 이를 요정이야기와 혼동한다. 내 경험으로는 어린이들이 쓴 이야기 중 최고는 (의도에 있어서) '사실주의적'이거나 아니면 동물이나 새를 등장인물로 하는 경우인데, 이들은 대개 동물 우화에서 흔히 보듯이 동물 형태를 한 인간들이었다. 내 짐작에 이런 유형이 그렇게 자주 선호되는 것은 무엇보다 거기에서 상당한 수준의 사실주의가 허용되기 때문이다. 가정에서 있었던 사건이나 말, 곧 어린이들이 정말로 잘 알고 있는 것들의 재현이 이루어지는 것이다. 하지만 이 유형 자체는 일반적으로 어른들이 제시하거나 강요한다. 좋은 쪽이든 나쁜 쪽이든 요즘 어린아이들에게 일반적으로 제공하는 문학에서는 이런 유형이 흥미롭게도 우세를 점하고 있다. 짐작건대 어린이들에게 딱 맞는다고 생각하는 짐승과 조류에 대한 준과학적 서적들, 곧 '자연사'와 이 유형이 잘 어울린다고 느끼기 때문인 것 같다. 이 점은 최근 들어 여자아이들 놀이방에서까지 사람 모양 인형 대신 곰과 토끼가 득세하는 듯한 경향에서도 새삼 확인된다. 어린이들은 흔히 자기 인형을 앞에 놓고 장편의 이야기를 공들여 길게 만들어 낸다. 이 인형이 곰 모양을 하고 있으면, 곰이 이 장편의 등장인물이 되는 것이다. 그러나 사람처럼 말할 것이다.

D (80쪽)

내가 ('아동용') 동물학과 고생물학에 입문한 것은 거의 요정나라에 입문한 것만큼이나 일찍이었다. 나는 살아 있는 짐승들과 진짜(그렇게 들었다) 선사 시대 동물들의 그림을 보았다. 내가 가장 좋아했던 것은 '선사 시대' 동물들이었는데, 이들은 적어도 오래전에 실제로 살았고 또 (약간의 빈약한 증거에 기반한) 가설은 일말의 판타지를 피할 수 없었기 때문이다. 하지만 나는 이 짐승들이 '용'이라는 소리를 듣는 것은 싫었다. 지금도 어릴 때 가르치기 좋아하는 친척들이 (혹은 그들이 선물한 책에서) 이런 이야기를 했을 때 얼마나 짜증이 났던지 생생하다. '눈송이는 요정들의 보석'이라거나 '눈송이가 요정들의 보석보다 더 아름답다' 혹은 '깊은 바닷속의 신기한 것들이 요정나라보다 더 놀랍다' 등등. 어린이들은 스스로 느끼면서도 분석은 할 수 없는 차이를 윗사람들이 설명해 주거나 아니면 적어도 인지하되 무시하거나 부정하지는 않기를 원한다. 나는 '실제인 것들'의 아름다움을 생생하게 감지하고 있었지만, 이를 '다른 것들'의 경이로움과 혼동하는 것은 얼버무리는 것처럼 보였다. 나는 자연 공부에 열심이었고, 사실 요정이야기 읽는 것보다 더 열심히 했다. 그렇더라도, 일종의 원죄 때문에 내가 동화를 좋아해야 하지만 일종의 새로운 종교를 따라 과학을 좋아하는 쪽으로 가야 한다고 생각하는 듯한 사람들에 의해 어물쩍 과학으로 들어가느라 요정나라를 속아 나오고 싶지는 않았다. 자연은 분명히 일생의 공부이며, (재능 있는 사람에게는) 영원을 위한 공부이다. 하지만 인간에는 '자연'이 아닌 부분이 있으며, 이 부분은 억지로 공부할 필요가 없고, 사실 공부한다고 온전히 만족할 수도 없다.

E (92쪽)
예컨대 초현실주의에는 문학적 판타지에서 찾아보기 매우 힘든 병적 상태나 불안이 자주 나타난다. 그 묘사된 이미지를 만들어 낸 정신이 실제로 이미 병적 상태에 있었으리라고 흔히 의심하는데, 그렇다고 모든 경우를 그런 식으로 설명할 수는 없다. 정신의 기묘한 장애는 종종 이런 유형의 그림을 그리는 바로 그 행위 때문에 발생하는데, 병적 상태의 특징이나 의식에서는 고열 상태의 여러 감각과 유사한 상태이다. 이 고열 상태에서 정신은 형체를 창조하기 위해 고통스러운 창조력과 재능을 발휘하게 되고 눈에 보이는 주변의 모든 것에서 사악하거나 기괴한 형체를 발견한다.

물론 여기서 말하는 것은 '회화'에 나타나는 판타지의 기본적 표현을 가리키며, '삽화'나 영화는 해당되지 않는다. 삽화는 그 자체로 아무리 훌륭하다 하더라도 요정이야기에는 별 도움이 되지 않는다. '시각적' 재현을 제공하는 (드라마를 포함한) 모든 예술과 진정한 문학 사이의 근본 차이는 전자가 하나의 가시적 형태를 전제한다는 점이다. 문학은 정신에서 정신으로 이어지는 작용을 하고 따라서 더 번식력이 있다progenitive. 문학은 더 보편적인 동시에 더 짜릿하게 개성적이다. 만약 문학이 '빵'이나 '포도주'나 '돌'이나 '나무'에 대해 이야기한다면 그것들 전체에, 또 그 관념에 호소하는 것이다. 하지만 듣는 이들은 각각 자신의 상상 속에서 그것들에 대한 특별한 개인적인 구체물을 형성한다. 스토리에 '그는 빵을 먹었다'라는 문장이 나오면, 연극 제작자나 화가는 자신의 취향이나 선호에 따라 '빵 한 조각'만 그릴 수 있지만, 스토리를 듣는 사람은 빵이라는 관념을 생각해 내는 동시에 자신만의 특정한 형태로 빵을 그려 낼 것이다. 만약 어떤 스토리에서 '그는 언덕을 올라 아래쪽 골짜기에 있는 강을 보았다'라고 하면, 삽화가는 자신만의 시각으로 그 풍경을 포착할 수 있거나 거의 포착해 낼 것이다. 하지만 그 단어들을 듣는 사람들은 모두 자신만의 그림을 그려 낸다. 이는 그가 지금까지 목격한 모든 언덕과 골짜기와 강을 활용한 그림이지만 특히 이 단어가 그에게 처음 구체화됐을 때의 그 '언덕', '골짜기', '강'으로 이루어질 것이다.

F (96쪽)

물론 내가 언급하고 있는 것은 주로 형체와 가시적 형태로 이루어지는 판타지이다. 드라마는 판타지나 요정나라의 어떤 사건이 등장인물에게 끼치는 영향을 소재로 만들어질 수 있는데, 이 사건은 기계 장치가 필요 없거나 혹은 이미 발생했다고 추정되거나 전해질 수 있다. 하지만 그것은 드라마적인 결과로 보면 판타지가 아니다. 등장인물이 무대를 장악하고 그들에게 관심이 집중되기 때문이다. (배리의 몇몇 연극에서 잘 보여 주는) 이런 유형의 드라마는 가볍게 다루어지거나, 풍자용도로 쓰일 수 있고, 혹은 극작가가 머릿속에 지닌 '메시지'를—사람들에게—전달하기 위해 사용될 수 있다. 드라마는 인간 중심적이다. 요정이야기와 판타지는 그럴 필요가 없다. 이를테면 사람들이 종적을 감춰 시간 가는 줄도 모르고 늙지도 않은 채 요정들 사이에서 몇 년을 사는 이야기를 다룬 스토리가 많다. 배리의 연극 〈메리 로즈〉는 이 주제를 다룬다. 요정은 보이지 않는다. 잔인하게 고통받는 인간만 계속 나온다. (인쇄본의) 말미에 나오는 감상적인 별과 천사들의 목소리에도 불구하고 이 작품은 고통스러운 연극이고 쉽게 악마적인 것이 될 수도 있다. (내가 본 공연에서는) 말미에 '천사들의 목소리'를 요정들이 부르는 소리로 대체하여 그렇게 만들었다. 드라마형이 아닌 요정이야기도 인간 희생자와 관련 있는 한 안쓰럽거나 무서울 수 있다. 하지만 그럴 필요는 없다. 대부분의 요정이야기에서 요정들 또한 동등한 조건으로 이미 그곳에 있다. 어떤 스토리에서는 그들이 실질적 관심사이다. 그와 같은 사건을 소재로 한 많은 단편 민담은 바로 요정들에 대한 '증거물'이자, 오랜 세월에 걸쳐 축적된 요정과 그들의 존재 양식에 대한 '전승'의 항목들이라고 주장한다. 그들과 접촉하는 (무척 빈번하게, 의도적으로) 인간들의 고통은 따라서 전혀 다른 관점에서 관찰된다. 방사선 연구의 희생자가 당하는 고통을 다룬 드라마를 만들 수는 있지만, 라듐 그 자체를 다루는 드라마는 있을 수 없다. 하지만 특별히 라듐에 (방사선 의사가 아니라) 관심을 가지는 것—혹은 고통받는 인간이 아니라 요정나라에 특별히 관심을 가지는 것—은 가능한 일이다. 전자의 관심은 과학책을 만들어 내고, 후자는 요정이야기를 만들어 낸다. 드라마는 어느 하나도 잘 감당해 낼 수 없다.

G (120쪽)

퇴화하거나 미혹에 빠진 오늘날의 인간들이 아무리 황당한 혼란에 빠진다 해도, 이 감각의 부재는 잃어버린 과거의 인간들에 관한 하나의 가설일 뿐이다. 과거에는 이 감각이 더 강했다는 주장은 위의 가설만큼이나 합법적이며, 또한 이 문제에 관한 옛날 인간들의 생각에 대해 남아 있는 얼마 안 되는 기록과 일치하는 또 하나의 가설이다. 물론 오래전부터 인간의 형체를 동물 및 식물의 형체와 결합하거나 인간의 능력을 짐승에 부여한 판타지들이 있었다는 사실이 결코 혼란의 증거가 될 수는 없다. 혹시 증거가 된다면 오히려 거꾸로 성립한다. 판타지는 현실 세계의 날카로운 윤곽을 흐리지 않는다. 현실 세계에 기반을 두고 있기 때문이다. 우리가 사는 서구, 곧 유럽 세계로 한정해 보면, 사실 이 '분리의 감각'이 현대에 와서 공격받고 약화된 것은 판타지 때문이 아니라 과학 이론 때문이다. 켄타우로스나 늑대인간 혹은 마법에 걸린 곰에 관한 스토리가 아니라, 인간을 '하나의 동물'일 뿐만 아니라—이 정확한 분류는 오래된 것이다—'겨우 하나의 동물'로 분류하는 과학 저술가들의 가설(혹은 독단적 추측)이 이런 결과를 초래하였다. 결과적으로 정서의 왜곡이 빚어지고 말았던 것이다. 전적으로 타락이라고 볼 수는 없지만 짐승에 대한 인간의 자연스러운 사랑과, 살아 있는 생명체의 '껍데기 안쪽에 들어가고자' 하는 인간의 욕망이 마구 활개 치고 있다. 이제 우리는 인간보다 동물을 더 사랑하는 인간을 얻게 되었다. 양을 너무 불쌍히 여겨 양치기를 늑대인 양 저주하는 인간, 죽은 군마軍馬를 애도하며 전사한 군인을 비방하는 인간 말이다. 우리가 '분리 감각의 부재'에 이르게 된 것은 요정이야기가 탄생한 그 시절이 아니라 지금이다.

H (123쪽)
'그리고 그들은 그 후로 행복하게 살았다'는 작품의 결구—보통 '옛날 옛적에'를 도입부의 전형적 어구로 쓰는 요정이야기에서 종결부에 쓰는 표현—는 인위적 장치이다. 아무도 이 말에 속지 않는다. 이런 유형의 결구들은 그림의 여백과 액자에 비유할 수 있는데, 마치 액자가 환상적 장면의 끝이거나 '바깥 세계'로 가는 여닫이창이 아닌 것과 마찬가지로, 이들은 끊어진 곳 없이 매끄러운 '스토리의 망Web of Story'에서 더 이상 어느 특정 단편의 실질적 종결로 간주되지 않는다. 이 어구들은 평범하거나 정교할 수도 있고, 단순하거나 화려할 수도 있으며, 평범하거나 조각된 혹은 금박을 입힌 액자들만큼이나 인위적이기도 하고 또 필수적인 것들이다. '그리고 떠나지 않았다면 그들은 아직 거기에 있다.' '내 이야기는 끝입니다—작은 생쥐 한 마리가 있다는 걸 참고하세요. 누구든지 잡는 사람은 그것으로 근사한 털모자 하나를 만들 수 있을 겁니다.' '그리고 그들은 그 후로 행복하게 살았다.' '결혼식이 끝나자, 그들은 내게 작은 종이 신발을 신겨 유리 조각이 깔린 둑길 위로 집에 돌려보냈다.'

요정이야기에는 이런 유형의 결구가 어울리는데, 이런 이야기들은 이미 작은 시간으로 구성된 자신들의 협소한 영역 내에 갇힌 대부분의 현대 '사실주의' 스토리들보다 '스토리 세계'의 무한성에 대해 더 광활한 인식과 이해를 보여 주기 때문이다. 무한하게 펼쳐진 태피스트리에서 예리하게 잘라 낸 한 조각이 공식 하나로—심지어 기괴하거나 우스울 수도 있는 공식—표시되는 셈인데, 이는 크게 이상한 일이 아니다. 경계선은 버리고 '그림'은 오직 종이 안에서 끝나야 한다는 생각은 거역할 수 없는 현대 일러스트레이션(거의 대개 사진을 이용한)의 신개발품이었다. 이 방법은 사진에는 적합할지 모르나, 요정이야기를 보여주거나 요정이야기에서 영감을 얻은 그림들에는 전적으로 어울리지 않는다. 마법의 숲은 여백을, 심지어 정교한 경계선을 요구한다. 이 숲을 《픽처 포스트》에 실린 로키산맥의 '사진 한 장'처럼, 마치 그것이 사실 요정나라를 찍은 한 '장면'이거나 '현장에서 우리 화가가 그린 스케치'인 것처럼 페이지와 경계를 같이하여 인쇄하는 것은 어리석은 짓이며 또한 남용이다.

요정이야기의 도입부와 관련해서는, '옛날 옛적에' 공식보다 더 나은 것을 찾기가 쉽지 않다. 이 공식은 즉각적 효과가 있다. 이 효과는 가령 『파랑 요정 책』에 실린 요정이야기 「무시무시한 머리The Terrible Head」를 읽어 보면 쉽게 알 수 있다. 이 작품은 앤드루 랭이 페르세우스와 고르곤 스토리를 직접 각색한 것이다. 시작은 "옛날 옛적에"인데, 연도든 땅이든 사람이든 이름이 하나도 나오지 않는다. 이제 이런 처리는 '신화를 요정이야기로 전환'한다고 할 수 있는 어떤 작업에 해당한다. 나로서는 상위의 요정이야기(그리스의 이야기를 그렇게 부르고 있으니)가 현재 우리 땅에서 익숙한 특정 형태, 즉 아동용 동화나 '할머니 이야기' 형태로 바뀐 것이라 하고 싶다. 이름을 쓰지 않았다는 것은 잘한 것이 아니라 우연히 그렇게 된 것이고, 따라서 모방해서는 안 되는 일이었다. 왜냐하면 이 맥락에서 모호성은 가치 저하이며, 망각과 기술 부족으로 인한 하나의 전와轉訛이기 때문이다. 하지만 무시간timelessness에 대해서는 그렇게 볼 필요가 없다고 생각한다. 그런 시작은 가난에 찌들어 만들어졌다기보다는 의미심장한 것이다. 그것은 연표에도 없는 거대한 시간의 세계에 대한 감각을 단박에 만들어낸다.

신화 창조

신화는 '은 사이로 불어넣은breathed through silver' 것이긴 하지만 거짓말이고 따라서 쓸모가 없다고 한 분에게.

신화 애호가가 신화 혐오가에게

당신은 나무를 보고 딱 나무라고 이름 짓습니다.
(나무는 '나무'고, 자라는 건 '자라는' 거니까.)
대지를 걸으며 우주의 많은 하찮은 구체 하나를
당신은 엄숙한 걸음으로 밟습니다.
별은 다만 별 하나, 둥근 공 속의 어떤 물질,
열병하듯 도열한 차가운 공허 속에서
수학이 정한 궤도를 따라야 하는. 공허, 그곳은
예정된 원자들이 각자의 순간에 소멸하는 곳.

겨우 흐릿하게 이해할 뿐이나, 우리가 고개 숙이는
(그것도 당연히) 어떤 '의지'가 있어, 캄캄한 출발점에서
불확실한 목표를 향해 시간이 굴러가면,
'의지'의 명에 따라 거대한 행렬이 행군합니다.
갖은 색으로 가득 채운 문자와 그림이 있고

실마리도 없이 겹쳐 써 놓은 페이지에서처럼
수많은 형체가 끝없이 무리 지어 나타납니다. 누군
음산하고, 누군 연약하고, 누군 아름답고, 누군 기묘한,
멀리 하나의 기원Origo에서 나온 친족임을 잊으면
각다귀, 인간, 돌, 해, 모두 다 이방인입니다.
신은 만들었습니다, 돌 같은 바위와 수목 같은 나무를,
땅 같은 대지와 성신星辰 같은 별을, 그리고 이
작디작은 인간을, 빛과 소리가 닿으면 따끔거리는
신경을 달고 이 인간들은 대지를 활보합니다.
바다의 운행, 나뭇가지 사이로 부는 바람,
푸른 풀밭, 암소들의 큼직하고 느릿한 기행奇行,
천둥과 번개, 하늘을 선회하며 우는 새들,
진흙에서 기어 올라와 살다가 죽음을 맞는 점액,
이들은 각각 제시간에 이름을 등록하고,
뇌의 굴곡을 각각의 파인 자국으로 새겨 둡니다.

하나, 나무는 나무로 불러 주고 봐 줄 때까지 '나무'가
아닙니다— 전에는 그런 이름도 없었습니다,
그러다가 복잡다기한 발화發話의 호흡이 펼쳐져

세상의 희미한 메아리와 흐릿한 그림이 되었습니다.
하나, 레코드도 아니고 사진도 아니지만
그것은 예언이 되고, 심판이 되고, 웃음이 되었고,
나무와 짐승과 별 들의 삶과 죽음을 닮은 움직임들,
그 생생한 내면의 움직임을,
깊은 권고로 감지한 이들의 반응이 되었습니다.
해방된 포로들은 어둠의 창살을 잠식하고
경험 속에서 예지를 파내며
감각 속에서 영혼의 핏줄을 일어 냅니다.
거대한 힘을 그들은 자기 속에서 천천히 꺼냈습니다.
그리고 뒤돌아보다가 그들은 보았습니다,
마음속 정교한 대장간에서 작업하는 요정들과
비밀의 베틀 위에서 뒤엉킨 빛과 어둠을.

처음 본 별이 다음과 같지 않았다면 그는 별을 알지
못합니다. 살아 있는 은으로 만든 별이 문득 터져 나와
고대의 한 노래 밑에서 꽃처럼 불타오르고,
바로 그 메아리를, 후대의 음악은
오랜 세월 추적해 왔습니다. 창공은 없습니다,

오직 공허뿐, 신화로 직조하고, 요정의 무늬를 입힌
보석 달린 천막이 없다면. 대지도 없습니다,
모든 생명의 근원인 어머니의 자궁이 없다면.

인간의 마음은 거짓말의 범벅이 아니며,
유일의 '지혜자'로부터 약간의 지혜를 얻어 내고,
여전히 그분을 찾고 있습니다. 지금은 멀어진 지
오래지만, 인간은 완전히 길을 잃지도, 완전히
변하지도 않았습니다. 명예를 잃었을 수 있으나, 아직
권좌에서 내려오지 않았고, 예전에 누리던 권력의
누더기를 걸치고 있습니다, 그의 창조 행위로 이룬
세계 지배 말입니다. 그 위대한 '인공물'을 숭배하는
것은 그의 몫이 아닙니다. 하위창조자인 인간, 그를
통과해 굴절된 빛은 '흰빛' 하나에서 여러 빛깔로
분리되어, 이 영혼에서 저 영혼으로 이동하는
살아 있는 형체들 속에서 끊임없이 결합합니다. 비록
세상 모든 틈새를 우리는 요정과 고블린으로 채우고,
또 감히 신들과 그들의 저택을 어둠과 빛으로 세우고,
또 감히 용들의 씨를 뿌렸지만,

그건 (잘했건 잘못했건) 우리의 권리였습니다.
그 권리는 퇴락하지 않았습니다.
우릴 창조한 그 법에 따라 우린 여전히 창조자입니다.

맞습니다! 우리가 내놓는 '소원 충족의 꿈'은,
소심한 우리 마음을 감추고 추한 '사실'을 이기는 것!
소원은 어디서 왔고, 꿈꾸는 힘은 어디서 왔으며,
어떻게 이것은 아름답고 저것은 추하다 판단하냐고?
모든 소원은 한가롭지도 무용하지도 않으며, 우리가
궁리하는 것은 충족,—왜냐하면 고통은 고통이요,
고통 그것은 원할 것은 아니며, 악하기 때문입니다.
혹여 의지와 분투하거나 의지를 억누르는 것은
똑같이 품위 없는 일. 악에 대해서는 이것
하나는 끔찍하게 확실합니다—악은 있습니다.

복이 있도다, 악을 미워하는 소심한 마음들이여,
악의 그림자 속에 떨지만 문을 걸어 닫는 마음들이여,
타협을 청하지 아니하고, 작고 텅 비었으나
조심스러운 방 안에서, 투박한 베틀에 앉아

'어둠'의 권세 밑에서 기대하고 믿었던
머나먼 날의 황금빛으로 길쌈을 하는 마음들이여.

복이 있도다, 방주를 짓는 노아의 후손들이여,
그들의 작은 방주, 비록 연약하고 채움 또한 빈약하나,
믿음으로 짐작한 항구의 풍문,
그 유령을 향해 역풍을 뚫고 항해하는구나.

복이 있도다, 기록된 시간 속에서 찾을 수 없는 것들을
운율로 엮어 내는 전설의 창조자들이여.
'밤'을 망각한 것은 그들이 아니며,
영혼을 팔아서 키르케의 키스를 얻으라고,
(또 그 모조품, 기계가 만들어 낸
두 번 유혹당한 자들의 가짜 유혹까지)
경제적 지복이라는 연꽃 섬으로
체계적 즐거움을 찾아 달아나라고 권하지도 않는구나.

그 섬들을, 더 아름다운 섬들을, 그들은 멀리서 보았고,
그 섬의 소리를 듣는 그들은 아직, 아직 조심합니다.

그들은 죽음과 궁극의 패배를 목격했으나
절망하며 물러서려 하지 않았고,
승리를 향해 자주 그들의 리라를 켜고
전설의 불로 심장마다 불을 붙였으며,
아직 아무도 보지 못한 태양들의 빛으로
'지금'과 어두운 '지금까지'를 비추고 있습니다.

음유시인들과 함께 노래하며, 약동하는 현으로
보이지 않는 것들을 일으켜 세우면 얼마나 좋을까요.
가파른 산 위에서 가녀린 널빤지를 잘라
막막한 유랑의 원정길로 배를 띄우는
바다의 뱃사람들과 함께라면 얼마나 좋을까요.
전설의 '서녘' 저쪽으로 넘어간 이들도 있다거든요.
포위당한 바보들의 이야기를 듣는 것은 얼마나
좋을까요, 그들이 지키는 안쪽 요새에는 황금이 있어,
순도가 낮고 빈약하지만, 그들은 충성을 다해
멀리 있는 군왕의 흐릿한 형상을 주조해 내거나
보이지 않는 군주의 찬란한 문장을
환상의 깃발 속에 새겨 넣습니다.

직립의 사피엔스, 당신들 진보의 원숭이들과
나는 함께하지 않겠습니다. 당신들 앞에 입 벌린 것은
진보가 향해 가는 어두운 심연—
혹시 하느님의 은총으로 진보가 끝난다 해도,
혹시 소득 없이 이름 바꾸어 가며 같은 행로를
끝없이 돌고 도는 일을 멈춘다 해도 말입니다.
이건 이렇고 저건 저렇다고 따지는
당신들의 칙칙하고 판판한 길, 나는 걷지 않겠습니다.
변경 불가라는 당신들의 세계, 그곳에는
작은 창조자의 창조 기술이 설 자리가 없습니다.
나는 아직 '강철왕관' 앞에 머리 조아리지 않을 것이며,
내 작은 황금의 홀을 내려놓지 않을 것입니다.

어쩌면 낙원에서도,
영원의 날을 보지 못하고 방황하는 눈이 있어,
조명 비춘 날을 찾기도 하고, 거울에 비친 진실에서
'참'의 화상畫像을 다시 찾기도 합니다.
그러다 '축복의 땅'을 바라보면 알게 됩니다,
만물이 스스로 있으며, 하지만 자유라는 사실을.

구원은 바꾸지도 않고 파괴하지도 않습니다,
정원이든 정원사든, 어린이든 그들의 장난감이든.
구원은 악을 보지 못하나니, 이는 악이 있는 곳이
하느님의 그림이 아니라, 비뚤어진 눈 속이며,
근원이 아니라 사악한 선택이며,
소리가 아니라 듣기 흉한 음성이기 때문입니다.
낙원에서는, 잘못 보려 해도 그럴 수가 없고,
새로이 무엇을 창조해도, 거짓말이 될 수 없습니다.
확실합니다, 그들은 죽지 않고 여전히 창조할 것이며,
시인들은 머리 위에 불꽃을 두르고 있을 것이며,
그들의 손가락은 완벽히 하프 위에 떨어질 겁니다.
거기서 각자 그 '모든 것'에서 영원히 선택할 겁니다.

니글의 이파리

옛날에 니글이라는 자그마한 사람이 있었다. 그는 긴 여행을 떠나야 했다. 떠나고 싶지 않았고 사실 생각하기도 싫었지만 어쩔 도리가 없었다. 그래서 언젠가는 출발해야 한다는 것을 알고 있었지만 준비를 서두르지 않았다.

니글은 화가였다. 하지만 성공한 화가는 아니었다. 어느 정도는 해야 할 다른 일들이 많이 있었기 때문이었다. 그는 대체로 그런 일들을 성가셔했다. 하지만 달리 피할 수 없는 경우에는 그 일들을 꽤 잘 했는데, 그런 경우가 (그의 생각으로는) 너무 자주 있었다. 그 나라의 법은 다소 엄격했던 것이다. 또 다른 방해 요인도 있었다. 한 가지를 들자면, 이따금 그는 아무 일도 하지 않으면서 그저 빈둥거리곤 했다는 점이다. 또 그의 마음에 다소 친절한 구석이 있다는 점이다. 그런 친절한 마음이 어떤 것인지 여러분도 알고 있으리라. 그런 마음으로 인해서, 실제로 어떤 일을 하기보다는 그저 불편해하는 경우가 더욱 많았고, 막상 어떤 일을 하더라도 투덜거리거나 화를 내고 (대개는 혼자서) 욕을 하곤 했다. 어쨌거나 친절한 마음씨 때문에 그는 자기 이웃인 패리시 씨를 위해 여러 가지 잡다한 일들을 해 줘야 했다. 그 이웃이 한쪽 다리를 절기 때문이었다. 때로 멀리 사는 사람들이 찾아와 도움을 청하면 그들을 돕기도 했다. 또한 이따금씩 그는 자신의 여행을 떠올리고 몇 가지 물건들을 꾸리기도 했지만 별 소용이 없었다. 그럴 때는 그림을 많이 그리지 못했다.

마침 그는 그려야 할 그림들이 많이 있었다. 하지만 그 그림들은 대체로 그의 재능에 비해 너무 규모가 크고 야심적이었다. 그는 나무보다는 이파리들을 더 잘 그릴 수 있는 그런 부류의 화가였다. 그는 이파리 하나에 긴 시간을 보내면서 그 형태와 광택과 끄트머리에 매달린 이슬방울의 반짝임을 포착하려고 애썼다. 하지만 동시에, 같은 방식으로 그리면서도 제각기 모양이 다른 이파리들이 무성한 나무 전체를 그리고 싶어 했다.

특히 그의 애를 태운 그림이 한 점 있었다. 그 그림은 바람에 휘날리는 이파리 하나로 시작해 나무가 되었다. 그 나무는 점점 자라서 가지들을 무수히 내밀고 엄청나게 아름다운 뿌리를 뻗어 나갔다. 낯선 새들이 날아와 작은 가지에 내려앉았기에 그 새들도 보살펴 주어야 했다. 그러고 나자 그 나무 주위와 그 너머로, 이파리들과 가지들의 틈새로, 시골 풍경이 드러나기 시작했다. 들판 너머로 이어진 숲과 눈 덮인 산들이 흘끗 보였다. 니글은 다른 그림들에 대한 흥미를 잃었다. 때로는 다른 그림들을 가져다가 그 소중한 그림의 테두리에 붙여 놓았다. 이내 그 캔버스가 너무 커져서 사다리를 가져와야 했다. 그는 사다리를 오르내리며 여기서는 붓질을 하고 저기서는 얼룩을 문질러 지워 냈다. 사람들이 방문하면 그는 꽤 예의 바르게 보였지만, 책상 위의 연필을 만지작거렸다. 사람들의 말에 귀를 기울이면서도 속으로는 내내 그 커다란 캔버스에 대해 생각했다. 그 그림을 위해서 뜰에 (예전에 감자를 심었던 작은 밭에) 높다란 헛간을 세우고 그 안에 캔버스를 두었던 것이다.

그는 자신의 친절한 마음에서 벗어날 수 없었다. "마음이 좀 더 강했으면 좋겠어." 이따금 그는 혼잣말을 하곤 했다. 그 말은 다른 사람들의 고통으로 인해서 마음이 불편해지지 않으면 좋겠다는 뜻이었다. 하지만 그의 마음을 몹시 어지럽히는 일이 일어나지 않은 지 꽤 오래되었다. "어떻든 이 그림만은 끝내야겠어. 내 진짜 그림이니까. 그 불쾌한 여행을 떠나기 전에 말이야." 그는 이렇게 중얼거리곤 했다. 하지만 그는 출발을 무한히 연기할 수는 없다고 깨닫게 되었다. 그 그림을 계속 늘려 나갈 것이 아니라 어디에선가 끝을 맺어야 했다.

어느 날, 니글은 그림에서 조금 떨어진 곳에 서서 여느 때와 달리 정신을 집중하고 초연한 마음으로 그 그림을 바라보았다. 그 그림에 대해서 어떻게 판단해야 할지 알 수 없었고, 어떻게 보아야 할지 말해 줄 친구가 있으면 좋겠다고 생각했다. 사실 그 그림은 전혀 만족스럽게 보이지 않았다. 그렇지만 무척 사랑스러웠고, 이 세상에서 진정으로 아름다운 단 한 폭의 그림이었다. 그 순간 자신이 헛간으로 걸어 들어와서 자기 등을 찰싹 치면서 (분명 진심으로) '정말 훌륭하네! 자네가 무엇을 추구하는지 정확히 알겠어. 계속 정진하라고! 다른 일은 조금도 신경 쓰지 말고! 자네가 궁핍하지 않게 연금을 받을 수 있도록 주선해 보지'라고 말하는 것을 볼 수 있었다면 아주 기뻤을 것이다.

하지만 연금이라고는 없었다. 그가 볼 수 있는 것이라고는 그저, 그 그림을 현재의 크기에서라도 끝내려면 어느 정도 집중이, 어느 정도의 '노력'이 필요하며, 중단 없는 힘든 노력이 필요할 거라는 사실이었다. 그는 소매를 걷어 올리고 정신을 집중하기 시작했다. 며칠간 다른 일들을 신경 쓰지 않으려고 노력했다. 그러나 엄청난 방해거리들이 속출

했다. 그의 집안에 잘못된 일이 있었고 그는 마을에 가서 배심원 역할을 해야만 했다. 먼 친척이 병에 걸렸다. 패리시 씨가 요통으로 몸져누웠다. 게다가 방문객들이 끊임없이 들이닥쳤다. 봄철이라 그들은 시골에서 공짜로 차를 얻어 마시고 싶었던 것이다. 니글은 마을에서 몇 킬로미터 떨어진 작고 쾌적한 집에서 살고 있었다. 그는 마음속으로는 그들에게 욕을 퍼부었지만, 그들을 초대한 사람이 바로 자기라는 사실을 부정할 수 없었다. 지난겨울, 마을에 나가 가게에 들르고 아는 사람들과 함께 차를 마시면서 그것을 '방해'라고 생각하지 않았던 때였다. 그는 마음을 굳게 먹으려고 노력했지만 잘되지 않았다. 의무라고 생각했든 아니든 간에, 거만하게 '안 돼요'라고 거절할 수 없는 일들이 계속해서 벌어졌다. 그리고 그가 어떻게 생각했든 간에 꼭 해야만 하는 일들도 있었다. 그의 방문객들 가운데 몇몇은 그의 정원이 소홀히 방치되었으며 조사관이 그를 방문할 거라고 암시하기도 했다. 물론 그의 그림에 대해 아는 사람은 거의 없었다. 그러나 그들이 알았더라도 별 차이가 없었을 것이다. 그림이 아주 중요하다고 생각한 사람이 과연 있었을지 의심스럽다. 그것은 사실 대단히 훌륭한 그림이 아니었을 것이다. 몇 군데 훌륭한 부분들이 있기는 했지만 말이다. 어떻든 그 '나무'는 정교했다. 그 나름으로 아주 독특했다. 니글도 그러했다. 아주 평범하고 다소 어리석고 자그마한 사람이었지만.

마침내 니글에게는 정말로 시간이 귀중해졌다. 멀리 떨어진 마을에 사는 그의 친지들은 그 자그마한 사람이 성가신 여행을 떠나야 한다는 것을 떠올리기 시작했고, 어떤 이들은 니글이 기껏해야 얼마나 더 오래 출발을 미룰 수 있을지를 헤아려 보기 시작했다. 그들은 누가 그의 집을 차지할 것인지, 그리고 정원을 더 잘 가꿀 수 있을지를 궁금해했다.

가을이 되어 비가 많이 내리고 바람이 거세게 불었다. 그 작은 화가는 헛간에 있었다. 그는 사다리에 올라가서 서쪽의 석양이 눈 덮인 산봉우리에 반사한 어슴푸레한 빛을 포착하려고 애쓰고 있었다. 잎사귀가 무성하게 달린 그 나무의 어느 가지 끝에서 바로 왼쪽으로 그 산이 어렴풋이 보였던 것이다. 그는 자신이 곧 떠나야 하리라는 것을 알고 있었다. 어쩌면 내년 초에. 그때가 되면 그림을 간신히 끝낼 수 있으리라. 기껏해야 그저 그만하게. 귀퉁이 몇 군데는 이제 시간이 없어서 자신이 원하는 것을 고작 암시하는 데

그칠 것이다.

문을 노크하는 소리가 들렸다. "들어오세요!"라고 날카롭게 소리치며 그는 사다리에서 내려왔다. 그는 바닥에 서서 붓을 손가락으로 만지작거렸다. 그의 이웃, 패리시였다. 다른 사람들은 모두 멀리 떨어진 곳에 살고 있었기에 단 하나밖에 없는 진짜 이웃이었다. 하지만 니글은 그 사람을 그리 좋아하지 않았다. 대체로 패리시가 곤란한 지경에 처해서 도움을 필요로 하는 경우가 아주 빈번했기 때문이었다. 또한 그림에 대해서는 아무 관심도 보이지 않으면서 정원에 대해서는 흠잡기를 무척 좋아했기 때문이었다. 패리시가 니글의 정원을 볼 때면 (종종 있는 일이었다) 항상 잡초들만 눈에 띄었다. 그리고 니글의 그림들을 볼 때는 (이 경우는 아주 드물었다) 그저 초록색과 회색 반점들과 검은 줄들만 눈에 들어왔고, 죄다 터무니없는 것들로 보였다. 그는 거리낌 없이 잡초에 대해서 언급했지만(이웃으로서 의무였으니까) 그림들에 대해서는 아무 말도 내놓지 않았다. 그렇게 하면서 무척 친절하게 행동한다고 생각했지만, 비록 그것이 친절한 일이더라도 대단히 친절한 행동은 아니라는 점을 깨닫지 못했다. 그가 잡초 뽑기를 도와주면 (그리고 혹시나 그림들도 칭찬해 주면) 더 좋았을 것이다.

“패리시, 무슨 일인가?” 니글이 물었다.

“자네를 방해해서는 안 되겠지. 나도 알고 있네.” 패리시는 (그림을 쳐다보지도 않고) 말했다. “틀림없이 몹시 바쁠 테니까.”

니글은 직접 그 말을 하려고 했지만 기회를 놓치고 말았다. 그가 할 수 있는 말이라고는 고작 “그렇다네”였다.

“하지만 부탁할 사람이 자네밖에 없어서 말이야.” 패리시가 말했다.

“그렇지.” 니글은 한숨을 쉬며 대답했다. 그 한숨은 은밀한 비판이었지만, 전혀 들리지 않을 정도는 아니었다. “뭘 도와주면 되겠나?”

“내 아내가 며칠간 아팠다네. 그래서 걱정이 되어서 말이야. 그리고 지붕 타일이 바람에 휩쓸려 절반은 날아가 버렸네. 게다가 침실에는 물이 쏟아지고 있어. 의사를 불러야 할 것 같네. 그리고 목수들도 말이야. 그런데 그 사람들이 오려면 아주 오래 걸리니, 자네가 나무하고 캔버스를 나누어 줄 수 있을지 모르겠네. 이럭저럭 맞춰 붙이면 하루 이틀은 견딜 수 있을 것 같네.” 그제야 그는 그림을 바라보았다.

“저런, 저런! 운이 좋지 않군. 자네 아내가 그저 감기에 걸린 거라면 좋겠네. 곧 내가 가서 환자를 아래층으로 옮기도록 도와주지.”

“무척 고맙네.” 패리시가 약간 쌀쌀하게 말했다. “하지만 감기가 아니야. 열병이라고. 감기라면 자네를 귀찮게 하지도 않았을 걸세. 그리고 내 아내는 벌써 아래층 침대에 누워 있어. 내가 쟁반을 들고 오르락내리락할 수 없으니까. 이 다리로는 안 되지. 하지만 자네가 바빠 보이니, 성가시게 해서 미안하네. 내 처지가 이렇다는 걸 알고 자네가 시간을 내서 의사를 불러와 주기를 바랐었네. 내게 나눠 줄 캔버스가 정말로 없다면, 목수들도 불러 주고.”

“물론 그렇게 하지.” 니글은 마음속에서 다른 말들이 솟구쳤지만 그저 이렇게 말했다. 그 순간 그는 상냥하기는 했지만 친절한 기분은 아니었다. “갈 수 있네. 그렇게 걱정이 된다면 내가 가도록 하지.”

“걱정스러워. 정말 근심스럽다고. 내가 다리를 절지만 않으면 좋으련만.” 패리시가 말했다.

그래서 니글은 의사를 부르러 갔다. 알다시피 무척 난처한 일이었다. 패리시는 그의 이웃이었고, 다른 사람들은 모두 멀리 떨어진 곳에 살고 있었다. 니글은 자전거가 있었지만 패리시에게는 없었고 자전거를 탈 수도 없었다. 패리시는 한쪽 다리를 절었고, 정말로 다리를 쓰지 못해서 심한 고통을 겪었다. 그의 심술궂은 얼굴과 푸념하는 목소리뿐 아니라 그 사실도 기억해야 했다. 물론 니글은 그림을 그려야 했고, 그것을 끝낼 시간도 충분치 않았다. 그러나 그것은 니글이 아니라 패리시가 고려해야 할 사실이었다. 하지만 패리시는 그림들을 고려하지 않았고, 니글로서는 어쩔 도리가 없었다. "제기랄!" 그는 자전거를 끌어내며 중얼거렸다.

비가 오고 바람이 몰아치고 날도 저물고 있었다. '오늘은 더 이상 일할 수 없겠군!' 니글은 이렇게 생각했다. 자전거를 타는 동안 그는 혼자서 욕을 퍼붓거나 아니면 봄철에 처음 상상했던 대로 산과 그 옆의 작은 가지에 달린 이파리들에 붓질하는 것을 상상했다. 핸들을 잡은 그의 손가락들이 씰룩거렸다. 이제 헛간 밖에 나와 생각해 보니, 그는 아스라이 보이는 산의 테두리를 이룬 빛나는 나뭇가지를 어떻게 처리해야 할지 정확히 알 수 있었다. 그러나 그의 마음은 무겁게 가라앉았다. 그 생각을 실행에 옮길 기회를 결코 얻을 수 없으리라는 두려움 때문이었다.

니글은 의사를 만났고 목공소에 쪽지를 남겨 두었다. 그곳은 문이 닫혀 있었고 목수는 이미 자기 집의 안락한 난롯가로 가 버린 후였다. 니글의 몸은 속속들이 젖었고 한기가 돌았다. 의사는 니글처럼 즉시 출발하지 않았고 다음 날이 되어서야 도착했다. 결과적으로 의사에게는 그쪽이 더욱 편리했다. 그때쯤에는 인접한 두 집의 두 환자를 진찰하게 되었기 때문이다. 니글은 고열에 시달리며 누워 있었고 그의 머릿속과 천장에는 이파리들과 뒤얽힌 나뭇가지들의 놀라운 패턴이 어른거렸다. 패리시 부인이 감기에 걸렸을 뿐이고 이제 자리를 털고 일어났다는 말을 들었어도 그에게는 위안이 되지 않았다. 그는 얼굴을 벽으로 돌리고 나뭇잎들 생각에 잠겼다.

한동안 그는 침대에 누워 있었다. 계속해서 바람이 불었다. 패리시의 타일이 더 많이 바람에 날아갔고, 니글의 타일도 약간 날아갔다. 니글의 지붕도 새기 시작했다. 목수는 오지 않았다. 니글은 개의치 않았다. 하루 이틀간은 그러했다. 그러고 나서 그는 먹을 것을 찾아 침실 밖으로 기어 나왔다(그에게는 아내가 없었다). 패리시는 그의 집에 오지 않왔다. 비 때문에 그의 다리 통증이 도진 것이었다. 그의 아내는 걸레질하며 빗물을 닦아 내느라 바빴고, '니글 씨가 잊어버리고 목수를 부르지 않았는지' 궁금해했다. 필요한 것을 빌릴 수 있다고 생각했으면 그녀는 다리를 절건 말건 남편을 보냈을 것이다. 하지만 그럴 가능성이 없다고 생각했으므로, 니글을 혼자 내버려 두었다.

일주일 정도 지나서 니글은 비틀거리며 다시 헛간으로 내려갔다. 사다리를 오르려 했지만, 머리가 어질어질했다. 그는 앉아서 그림을 바라보았다. 하지만 그날 그의 마음속에는 이파리들의 패턴이나 산의 모습이 떠오르지 않았다. 모래사막의 원경이라면 그릴 수 있을지 모른다. 하지만 그에게는 기운이 없었다.

다음 날에는 훨씬 나아졌다. 그는 사다리에 올라가서 그리기 시작했다. 막 그림에 몰입하려는 순간 문에서 노크 소리가 들려왔다.

"망할!" 니글이 말했다. 하지만 '들어오세요!'라고 공손하게 말하는 편이 나았을 것이다. 어찌 되었건 문이 열렸으니까. 이번에 들어온 이는 전혀 알지 못하는 키 큰 사람이었다.

"여기는 개인 화실입니다. 바쁘니까 돌아가 주세요!" 니글이 말했다.

“나는 주택조사관입니다.” 그 사람은 사다리 위의 니글이 볼 수 있도록 자기 명함을 높이 쳐들고 말했다.

“아!” 니글이 말했다.

“당신 이웃의 집은 상태가 아주 좋지 않군요.” 조사관이 말했다.

“알고 있어요. 나는 오래전에 목공소에 쪽지를 남겼어요. 그런데 목수들이 오지 않았지요. 그러고 나서 나는 병이 들었고요.”

“알겠습니다. 하지만 지금은 아프지 않은 모양이군요.” 조사관이 말했다.

“하지만 난 목수가 아닙니다. 패리시가 읍사무소에 가서 항의하고 긴급 처리 부서에서 도움을 받아야 할 거예요.”

“그 사람들은 여기보다 더 심한 피해를 입은 곳들을 복구하느라 바쁩니다. 골짜에서 홍수가 나서 집을 잃은 가족들이 많으니까요. 당신은 이웃을 도와서 임시변통으로 수리를 하고 수리 비용이 필요 이상으로 들지 않도록 방지했어야 했습니다. 그것이 법이니까요. 여기 자재도 많이 있군요. 캔버스와 나무, 방수 페인트.”

"어디 말입니까?" 니글이 화가 나서 물었다.

"저기요!" 조사관은 그림을 가리키며 말했다.

"그건 내 그림입니다!" 니글이 소리쳤다.

"그렇다고 말할 수 있겠군요. 하지만 집이 우선입니다. 그것이 법이지요."

"하지만 나는 할 수 없……." 니글은 더 말을 이을 수 없었다. 그 순간 다른 남자가 들어왔기 때문이었다. 그는 조사관과 아주 흡사하게 보였다. 분신이라고 말할 수 있을 정도였다. 장신의 체구에 검은 옷을 입고 있었다.

"가시죠!" 그가 말했다. "나는 운전사입니다."

니글은 비틀거리며 사다리에서 내려왔다. 그의 열병이 다시 도진 것 같았고 머릿속이 빙빙 돌고 있었다. 온몸에 냉기가 도는 것을 느꼈다.

"운전사? 운전사라고? 무얼 운전한단 말입니까?" 그는 이를 부딪치며 말했다.

"당신과 당신의 마차이지요." 그 남자가 말했다. "마차는 오래전에 예약되어 있었어요. 마침내 이제야 왔습니다. 마차가 기다리고 있어요. 자, 당신은 오늘 여행을 떠납니다."

"저런! 당신은 가야겠군요. 일을 끝마치지 못하고 여행을 떠나는 건 좋지 않은 일이지요. 하지만 이제 우리는 적어도 이 캔버스를 조금 사용할 수 있겠군요."

"아, 맙소사!" 가엾은 니글은 눈물을 흘리며 말했다. "아직 끝내지도 못했는데!"

"끝내지 못했다고요!" 운전사가 말했다. "자, 당신 쪽에서 보자면 어쨌든 그건 끝났소. 갑시다!"

니글은 아주 조용히 나섰다. 운전사는 니글에게 짐을 쌀 시간도 주지 않았다. 니글이 미리 짐을 싸 두었어야 했으며, 기차를 놓칠지도 모른다고 말했다. 그래서 니글이 할 수 있는 일이라고는 현관에 있던 작은 가방을 움켜쥐는 것이 전부였다. 그 안을 열어 보니 그림물감 상자와 작은 스케치북이 들어 있었다. 음식이나 옷가지라고는 전혀 없었다. 그들은 무사히 기차에 탔다. 니글은 무척 피곤했고 졸음이 쏟아졌다. 사람들이 자기를 칸막이 방에 밀어 넣었을 때도 무슨 일이 일어나고 있는지 거의 의식하지 못했다. 그는 그리 신경도 쓰지 않았다. 자기가 어디에 가기로 되어 있는지도 잊어버렸고, 무엇 때문에 가는지도 기억할 수 없었다. 기차는 거의 곧장 검은 터널 속으로 달려갔다.

깨어나 보니 아주 넓고 어둑한 기차역이었다. 짐꾼 한 명이 플랫폼에서 소리치며 지나가고 있었다. 그런데 그가 외치는 소리는 그곳의 지명이 아니라 바로 '니글'의 이름이었다!

니글은 서둘러 밖으로 나왔다. 그러고는 작은 가방을 두고 내렸다는 것을 알았다. 뒤를 돌아보았지만 기차는 이미 떠난 다음이었다.

"아, 도착했군요!" 짐꾼이 말했다. "이쪽으로! 뭐라고요? 짐이 없다고요? 당신은 노역소로 가야 할 겁니다."

니글은 몹시 아픔을 느끼고는 플랫폼에서 쓰러지고 말았다. 사람들은 그를 구급차에 실어 노역소의 진료소로 데리고 갔다.

그는 그곳에서 받은 치료가 조금도 마음에 들지 않았다. 그곳의 약은 무척 썼다. 직원들과 간호원들은 친절하지 않았고 말이 없었으며 엄격했다. 이따금 그를 보러 온 아주 엄격한 의사를 제외하고는 다른 사람들을 전혀 볼 수 없었다. 병원이라기보다는 감옥에 있는 것 같았다. 그는 정해진 시간에 열심히 일해야 했다. 땅을 파거나 목공일을 했으며 빈 판자를 평범한 단색으로 칠했다. 밖에 나가도록 허용되지 않았고, 창문은 모두 안쪽으로 나 있었다. 그들은 그를 몇 시간씩 깜깜한 곳에 두었다. "생각을 좀 하기 위해서"라고 그들은 말했다. 그는 시간의 흐름을 잊어버렸다. 기분이 나아지는 일도 없었다. 어떤 일을 하면서 기쁨을 느끼는 것으로 그것을 판단할 수 있다면 말이다. 그는 기쁨을 느끼지 않았다. 심지어 잠자리에 들 때도 그러했다.

처음 한 백 년 동안(나는 그가 받은 인상을 그대로 기술할 뿐이다) 그는 쓸데없이 과거에 대해 안달하곤 했다. 어둠 속에 누워 있을 때 그는 계속해서 한 가지를 중얼거렸다. "돌풍이 일기 시작한 다음 날 아침에 패리시를 찾아갔더라면 좋았을걸. 그럴 생각이었는데. 처음 떨어진 타일들은 붙이기 쉬웠을 거야. 그랬더라면 패리시 부인이 감기에 걸리지 않았겠지. 그러면 나도 감기에 걸리지 않았을 테지. 그랬더라면 나에게 시간이 일주일 더 있었을 텐데." 그러나 시간이 지나자 그는 무엇 때문에 일주일이 더 필요했는지를 잊어버렸다. 그 이후로 그에게 걱정거리가 있다면, 그것은 병원에서 해야 하는 일에 관련된 것이었다. 얼마나 신속하게 판자를 삐걱거리지 않게 고칠 수 있는지 또는 얼마나 빨리 문을 다시 달거나 탁자의 다리를 고칠 수 있는지를 생각하며 계획을 짰다. 아무도 그렇게 말하지 않았지만, 어쩌면 그는 실은 병원에서 좀 필요한 사람이 되었을 것이다. 그러나 물론 그런 이유 때문에 그들이 그 불쌍하고 자그마한 사람을 그렇게 오랫동안 붙잡아 두지는 않았을 것이다. 그들은 그가 회복되기를 기다리고 있었을 테고, '회복된다'는 것을 그들 나름의 기묘한 의학적 기준에 따라 판단했을 것이다.

어떻든 간에 가엾은 니글은 그 생활에서 어떤 즐거움도, 아니 그가 과거에 즐거움이라고 부르던 어떤 것도 누리지 못했다. 분명 그는 명랑한 기분은 아니었다. 그러나 그가 어떤, 글쎄, 만족감을 느끼기 시작했다는 점은 부정할 수 없다. 잼 대신 빵이랄까. 그는 종이 울린 순간에 일거리를 손에 들고 다음 종이 울리는 순간에 신속하게 내려놓았다. 제시간에 일을 계속할 수 있도록 모든 것을 정리해 두었다. 이제는 하루에 꽤 많은 일을 끝낼 수 있었다. 사소한 일거리들을 말끔하게 마무리했다. 그에게는 (감방 같은 침대에 홀로 있을 때를 제외하고는) '자기만의 시간'이 없었지만, 그는 자기 시간의 주인이 되고 있었다. 시간을 어떻게 써야 할지를 알게 된 것이었다. 서두르는 것은 무의미했다. 그의 내면은 이제 더욱 고요해졌으며, 휴식 시간에는 진정으로 쉴 수 있었다.

그런데 갑자기 그들이 그의 시간대를 완전히 바꾸어 버

렸다. 잠자리에 들 수 없을 지경으로 만들었다. 목공일을 완전히 그만두게 하고 매일매일 오로지 땅파기만 시켰다. 그는 그것을 꽤 잘 견뎠다. 아주 오랜 시간이 지나고 나서야 그는 욕설을 찾아내려고 마음 한구석을 더듬었지만 사실 그것도 잊은 지 오래였다. 그는 계속해서 땅을 팠다. 등이 부러질 것 같았고 양손은 까져서 얼얼했으며 더 이상 한 삽도 떠올릴 수 없을 것 같았다. 아무도 그에게 고마워하지 않았다. 하지만 의사가 와서 그를 보았다.

"중지!" 의사가 말했다. "어둠 속에서 전면적인 휴식!"

니글은 오로지 휴식만을 취하며 어둠 속에 누워 있었다. 아무것도 느끼지도, 생각하지도 않았기에 그로서는 그곳에 누워 있었던 기간이 몇 시간인지 아니면 몇 년인지조차 말할 수 없었다. 그러나 이제 '목소리들'이 들려왔다. 이전에 들어 본 목소리들이 아니었다. 빛이라고는 조금도 보이지 않았지만, 아주 가까이 인접한 방에서 아마도 방문을 열어 놓고 진료 회의나 심문 회의를 여는 듯했다.

"이제 니글의 차례입니다." 어떤 엄격한 '목소리'가 말했다. 의사의 목소리보다 훨씬 엄격하게 들렸다.

“그에게 어떤 문제가 있었지요?” ‘두 번째 목소리’가 말했다. 연약하지는 않지만 부드럽게 들리는 목소리였다. 그것은 권위 있는 목소리였고 희망에 차 있으면서도 동시에 슬픈 듯했다. “니글에게 무엇이 문제였나요? 그의 마음은 올바른 곳에 자리 잡고 있었지요.”

“그렇습니다. 하지만 제대로 작동하지 않았어요.” ‘첫 번째 목소리’가 말했다. “그리고 그의 머리가 바싹 조여지지 않았습니다. 도통 생각이라고는 하지 않았어요. 그가 낭비한 시간을 보십시오. 그렇다고 즐겁게 논 것도 아니었어요! 그는 여행을 위한 준비도 전혀 하지 않았습니다. 어지간히 잘 살았지만, 여기 도착할 때는 빈털터리여서 극빈자 숙소에 들어가야 했습니다. 유감스럽게도, 좋지 못한 사례입니다. 그가 아직 얼마간 더 머물러야 한다고 생각합니다.”

“아마 그렇게 해도 그에게 해가 되지는 않겠지요.” ‘두 번째 목소리’가 말했다. “하지만, 물론, 그는 그저 자그마한 사람이었어요. 대단한 인물이 되도록 만들어진 사람이 아니었지요. 아주 강한 사람도 결코 아니었고요. 기록을 보도록 합시다. 그래, 몇 가지 좋은 점도 있군요.”

“어쩌면 그럴 겁니다.” ‘첫 번째 목소리’가 말했다. “하지만 꼼꼼히 살펴보면 좋은 점이라고 할 만한 것이 거의 없을 겁니다."

"글쎄." '두 번째 목소리'가 말했다. "이런 것들이 있군요. 그는 천성적으로 화가였어요. 물론 이류였지요. 하지만 니글의 이파리는 그 나름대로 매력이 있군요. 그저 이파리 그 자체를 위해 그리면서 무척 큰 노력을 기울였어요. 하지만 그렇다고 해서 자기가 중요한 인물이라고는 한 번도 생각하지 않았지요. 그 일로 인해 법이 정한 일을 소홀히 해도 된다고 스스로에게도 둘러댄 기록이 없어요."

"그렇다면 그렇게 여러 가지 일들을 소홀히 하지 않았어야 합니다." '첫 번째 목소리'가 말했다.

"그럼에도 불구하고 그는 아주 많은 부름에 응답했군요."

"비율로 따지면 약소합니다. 대개는 손쉬운 일들이었고요. 그리고 그는 그런 것들을 '방해'라고 불렀습니다. 기록에는 많은 불평, 어리석은 저주와 더불어 그 단어가 즐비합니다."

"사실이에요. 하지만 그 불쌍한 작은 사람에게는 그런 일들이 물론 방해로 보였지요. 그리고 이런 것이 있군요. 그는 결코 보상을 바라지 않았어요. 그런 부류의 사람들은 대체로 보상을 요구하지요. 여기 후반부에 패리시의 사례가 나오는군요. 그 사람은 니글의 이웃이었고, 니글을 위해서 손끝 한번 놀리지 않았고, 고맙다고 말한 적도 거의 없었지요. 하지만 니글이 패리시에게서 감사의 표시를 기대했다는 기록도 없군요. 니글은 그런 것을 생각조차 하지 않은 것 같아요."

"네, 그건 중요한 점입니다." '첫 번째 목소리'가 말했다. "하지만 다소 사소한 것이지요. 당신도 아시겠지만, 니글은 그냥 잊어버리고 마는 일이 허다했기 때문입니다. 패리시를 위해서 한 일들도 성가신 일을 처리한 것으로 머릿속에서 지워 버렸습니다."

"하지만 여기 마지막 기록이 있어요." '두 번째 목소리'가 말했다. "비를 맞으며 자전거를 탄 것 말이에요. 나는 그것을 강조하고 싶어요. 그것은 진정 희생이었음이 분명한 듯해요. 니글은 자기가 그림을 끝낼 수 있는 마지막 기회를 내던져 버리고 있을 거라고 예감했어요. 또 패리시가 불필요하게 안달복달하고 있다고 짐작했고요."

"당신이 그 점을 너무 강조하고 있다고 생각합니다." '첫 번째 목소리'가 말했다. "하지만 최종 결정을 내리는 것은 당신입니다. 물론 사실을 최선으로 해석하는 것이 당신의 일이지요. 때로 그렇게 해석하는 것이 온당할 겁니다. 어떻게 제안하시겠습니까?"

"이제 약간 부드러운 치유를 받을 때가 되었다고 생각해요." '두 번째 목소리'가 말했다.

니글은 그처럼 너그러운 목소리를 들어 본 적이 없는 것 같았다. 그 목소리에서 울리는 '부드러운 치유'라는 말은 화려한 선물 꾸러미들처럼, 왕의 잔치에 초대하는 부름처럼 들렸다. 그러다 갑자기 니글은 부끄러워졌다. 자신이 부드러운 치유를 받을 때가 되었다는 말을 듣자 당황했고 어둠 속에서 얼굴이 붉어졌다. 칭찬받을 자격이 없다는 것을 자기 자신과 청중이 모두 알고 있는데 공공연히 칭찬받은 듯했다. 니글은 거친 이불깃에 붉어진 얼굴을 숨겼다.

침묵이 이어졌다. 그러다가 '첫 번째 목소리'가 아주 가까이에서 니글에게 말했다. "당신은 듣고 있었지요."

"네." 니글이 대답했다.

"자, 하고 싶은 말이 있소?"

"패리시에 대해 알려 주실 수 있습니까?" 니글이 말했다. "그를 다시 만나고 싶습니다. 바라건대, 그가 많이 아프지는 않겠지요? 당신은 그의 다리를 낫게 해 줄 수 있습니까? 그 다리 때문에 그는 고통스러운 시간을 보내곤 했어요. 그리고 그 사람과 저에 대해서 걱정하지 마십시오. 그는 아주 좋은 이웃이었고, 제게 아주 좋은 감자를 무척 싸게 주었지요. 덕분에 저는 시간을 많이 절약했습니다."

"그가 그렇게 했소?" '첫 번째 목소리'가 말했다. "그 말을 듣게 되어 즐겁소."

또다시 침묵이 이어졌다. 니글은 멀어지는 '목소리들'을 들었다. "네, 저도 동의합니다." 멀리 떨어진 곳에서 '첫 번째 목소리'가 들려왔다. "그를 다음 단계로 보내도록 하지요. 좋으시다면, 내일 말입니다."

니글이 잠에서 깨어나 보니 창문의 블라인드는 올려져 있었고 그의 작은 감방에 햇살이 가득했다. 그는 자리에서 일어났다. 병원 유니폼이 아닌 편안한 옷이 그를 위해 마련되어 있었다. 아침 식사 후에 의사가 그의 아픈 손을 치료하고 연고를 바르자 즉시 아픔이 사라졌다. 의사는 니글에게 좋은 충고를 하고 (필요할 경우에 대비하여) 강장제를 한 병 주었다. 오전이 지나갈 무렵 그들은 니글에게 비스킷과 포도주 한 잔을 주고 나서 표를 한 장 주었다.

"이제 당신은 기차역으로 가도 됩니다." 의사가 말했다. "짐꾼이 당신을 돌봐 줄 겁니다. 안녕히."

니글은 정문을 나와서 눈을 약간 깜박거렸다. 태양이 눈부시게 빛나고 있었다. 기차역의 규모에 알맞은 커다란 마을로 걸어가게 될 거라고 예상했지만, 실은 그렇지 않았다. 그가 서 있는 곳은 언덕 꼭대기였고 아무것도 없는 초록 벌판에 살을 파고드는 상쾌한 바람이 휘몰아치고 있었다. 주위에 사람이라고는 아무도 보이지 않았다. 저 멀리 언덕 아래 반짝이는 역 지붕이 보였다.

그는 활기차게 언덕을 따라 역으로 내려갔지만 서두르지는 않았다. 짐꾼은 그를 즉시 알아보았다. "이쪽입니다!" 짐꾼은 이렇게 말하며 니글을 플랫폼으로 인도했다. 거기에는 아주 산뜻하고 작은 시골 기차가 서 있었다. 조그만 기관차에 객차 하나가 달려 있었고 둘 다 깨끗하고 새로 칠한 듯 반짝거렸다. 마치 첫 주행인 듯했다. 심지어 기관차 앞에 깔려 있는 철로도 새로 만든 것 같았다. 레일이 반짝거렸으며 의자는 초록색으로 칠해져 있고 슬리퍼는 따뜻한

햇볕을 받아 달콤하고 신선한 타르 냄새를 풍겼다. 객차는 비어 있었다.

"이 기차는 어디로 갑니까?" 니글이 물었다. "아직 이름이 정해지지 않았을 겁니다." 짐꾼이 말했다. "하지만 당신이 그 이름을 곧 찾아낼 겁니다." 그는 문을 닫았다.

기차는 즉시 출발했다. 니글은 의자에 등을 기댔다. 연기를 내뿜으며 조그만 기관차는 푸른 하늘이 지붕처럼 덮여 있고 양옆으로 높다란 초록 언덕이 에워싸고 있는 깊이 파인 길을 따라갔다. 그리 오래가지 않아서 기차는 기적을 울리며 브레이크를 걸고 멈췄다. 역은 없었고 표지판도 없었다. 오직 초록빛 언덕 위로 오르는 계단들뿐이었다. 계단 꼭대기에는 말끔하게 단장된 산울타리 사이로 쪽문이 나 있었다. 그 문 옆에 그의 자전거가 있었다. 적어도 그의 것처럼 보였다. 손잡이에 달려 있는 노란 꼬리표에는 커다란 검은 글씨로 '니글'이라 적혀 있었다.

니글은 쪽문을 밀고 나아가 자전거에 올라타서 봄날의 햇살을 받으며 미끄러지듯 언덕을 내려갔다. 오래지 않아 그는 처음 출발했던 길이 사라졌고 경이로운 풀밭 위로 자전거가 굴러가고 있음을 알 수 있었다. 초록색 풀은 짧게

깎여 있었다. 하지만 풀잎들은 하나하나 선명하게 보였다. 완만히 펼쳐진 그 풀밭을 어딘가 다른 곳에서 보았거나 꿈꾸었던 기억이 되살아난 것 같았다. 어쩐지 그 땅의 굴곡이 낯익게 보였다. 그래, 당연히 그래야 하듯이 이제 땅이 평평해졌고, 이제는 물론 다시 오르막으로 이어졌다. 그와 태양 사이에 거대한 녹색 그림자가 드리워졌다. 고개를 들어 올려다보고 니글은 깜짝 놀라 자전거에서 떨어졌다.

그의 앞에 그 나무, 그의 나무가 완성된 모습으로 서 있었다. 어떤 나무에 대해서 살아 있다고 말할 수 있다면, 바로 이 나무가 그러했다. 이파리들이 벌어지고 가지가 뻗어나며 바람에 휘었다. 니글이 자주 느꼈거나 짐작했지만 포착하지 못했던 바로 그 상태였다. 그는 그 나무를 바라보고 천천히 두 팔을 들어 올려 활짝 벌렸다.

"이건 선물이야!" 그가 말했다. 그는 자신의 예술과 그 결과를 언급하고 있었지만 또한 그 단어를 원래의 의미대로 사용하고 있었다(선물을 뜻하는 단어 gift는 타고난 재능을 의미하기도 한다—역주).

그는 계속 그 나무를 바라보았다. 그가 그토록 공을 들였던 이파리들이 모두 거기 있었다. 자신이 그렸던 대로라기보다는 상상했던 대로였다. 그의 마음속에서 싹트기만 했던 다른 나뭇잎들도 있었고, 그에게 시간이 있었더라면 싹이 돋았을 나뭇잎들도 많이 있었다. 그 위에 아무것도 쓰여 있지 않았고 그저 정교한 나뭇잎들이었지만, 달력처럼 분명하게 날짜를 드러냈다. 그 가운데 가장 아름답고 가장 특징적으로 니글의 스타일을 완벽하게 보여 준 나뭇잎들은 패리시의 도움을 받아서 만들어진 듯이 보였다. 그것을 달리 표현할 길이 없었다.

새들이 그 나무에서 둥지를 만들고 있었다. 놀라운 새들이었다. 그들의 노랫소리는 얼마나 아름다운지! 그가 새들을 바라보는 동안, 새들은 짝을 짓고 알을 까고 날개를 돋우고 노래를 부르며 숲속으로 날아갔다. 이제 보니 숲이 거기 있었다. 숲은 양쪽으로 펼쳐지며 먼 곳으로 이어졌다. 멀리 떨어진 곳에서 산들이 어렴풋이 빛을 발했다.

잠시 후 니글은 숲으로 향했다. 그 나무에 싫증이 나서가 아니라, 이제 그 나무를 마음속에 선명하게 담아 놓은 듯이 느껴졌기 때문이었다. 그 나무를 보지 않아도 의식하고 있었고 그 성장을 느낄 수 있었다. 걸어가면서 그는 기묘한 점을 알아차렸다. 숲은 물론 멀리 떨어져 있었지만 가까이다가갈 수 있었고 그 안에 들어설 수도 있었다. 그래도 그 숲은 특별한 매력을 잃지 않았다. 예전에는 먼 곳으로 걸어가면 그곳은 그저 단순한 주위 풍경으로 바뀌곤 했었다. 하지만 지금 멀리 떨어진 곳들은 시골길을 걷는 즐거움을 몇 배나 더해 주었다. 걸음을 옮길수록 멀리서 새로운 풍경들이 펼쳐졌기 때문이었다. 그래서 이제 두 겹, 세 겹, 네 겹의 아득한 풍경들이 두 배, 세 배, 네 배의 매혹을 더해 주었다. 계속 걸음을 옮기며 정원 안에 아니면 (이렇게 부르는 편이 더 낫다면) 그림 속에 담긴 시골 풍경을 모두 감상할 수 있었다. 계속 걸음을 옮길 수는 있지만, 아마도 영원히 갈 수는 없으리라. 저 뒤에는 산이 있었다. 그 산들은 아주 서서히 가까워졌다. 그것은 그림에 속한 것이 아니라 다만 다른 것으로 이어지는 길인 듯했다. 나무들 사이로 흘끗 보이는 어떤 다른 것, 더 나아간 단계, 아마 또 다른 그림일 것이다.

니글은 주위를 걸어 다녔지만 그저 빈둥거린 것은 아니었다. 그는 세심하게 주위를 돌아보았다. 그 나무는 완성된 상태였지만 마무리 손질이 끝난 것은 아니었다. '예전과는 반대 방향으로 바뀌었군' 하고 생각했다. 그런데 숲속에는 아직 마무리되지 않은 곳들이 많이 있었다. 계속 노력하고 생각해 보아야 할 곳이었다. 지금까지의 상태에서 더 고쳐야 할 곳은 없었고 잘못된 곳은 없었으나, 어떤 명확한 지점까지 계속 진척시킬 필요가 있었다. 니글은 각각의 그 지점을 정확히 알 수 있었다.

멀리 떨어진 곳에 이르러 그는 무척 아름다운 나무 아래 앉았다. 그것은 그 '커다란 나무'와 비슷한 나무였지만 상당히 독특했다. 아니, 조금 더 관심을 쏟으면 독특하게 자라날 나무였다. 그는 어디서부터 일을 시작할지, 어디에서 끝낼지, 그리고 시간이 얼마나 필요할지에 대해 생각했다. 그러나 제대로 계획을 세울 수 없었다.

"물론!" 그가 말했다. "내겐 패리시가 필요해. 그는 땅과 식물과 나무들에 대해 잘 알고 있지만, 나는 모르는 점들이 많아. 이곳을 그저 내 개인 정원으로 만들 수는 없어. 도움과 충고를 받아야 해. 좀 더 일찍 그걸 깨달았어야 했는데."

그는 일어나서 일을 시작하려고 마음먹었던 곳으로 걸어갔다. 그는 외투를 벗었다. 그때 멀리서는 보이지 않던 작고 그늘진 우묵한 땅에서 좀 어리둥절한 표정으로 주위를 돌아보는 사람이 눈에 들어왔다. 그는 삽에 기대서 있었지만 무엇을 해야 할지 분명 알지 못하고 있었다. 니글은 반갑게 소리치며 그를 맞이했다. "패리시!" 그가 불렀다.

패리시는 삽을 어깨에 메고 그에게로 올라왔다. 그는 아직도 다리를 약간 절고 있었다. 그들은 예전에 시골길에서 마주쳤을 때 그랬듯이 아무 말 없이 그저 고개를 끄덕이고 나서 이제는 팔짱을 끼고 함께 주위를 돌아다녔다. 말을 하지 않고도 니글과 패리시는 어디에 작은 집과 정원을 만들어야 할지 완벽히 동의했다. 집과 정원이 필요할 것 같았다.

함께 일하다 보니 이제는 그 둘 가운데 니글이 시간을 더욱 잘 지키고 일을 더 열심히 한다는 것이 분명히 드러났다. 이상하게도 니글은 집을 짓고 정원을 만드는 데 열심이었다. 반면 패리시는 이따금 이리저리 돌아다니며 나무들, 특히 그 나무를 바라보곤 했다.

어느 날 니글은 산사나무 울타리를 세우느라 바쁘게 일하고 있었고 패리시는 가까이 풀밭에 누워 초록 풀밭에서 자라는 아름답고 모양새가 좋은 작고 노란 꽃들을 유심히 바라보고 있었다. 오래전에 니글이 그 나무의 뿌리들 사이에 많이 심어 두었던 꽃들이었다. 갑자기 패리시가 고개를 들었다. 햇볕을 받아 빛나는 얼굴에 미소를 띠고 있었다.

"여긴 참 멋지군!" 그가 말했다. "사실 내가 있으면 안 되는 곳인데. 나를 위해 좋게 이야기해 줘서 고맙네."

"당치 않은 소리야." 니글이 말했다. "내가 뭐라고 말했는지 기억도 나지 않네. 하지만 어떻든 내 말로는 충분치 않았어."

"아니, 그걸로 족했네." 패리시가 말했다. "그 말 덕분에 내가 훨씬 빨리 나왔거든. 자네도 알겠지만, 그 '두 번째 목소리'가 나를 여기로 보냈다네. 자네가 나를 보고 싶어 한다고 말하더군. 그러니 자네 덕택이지."

"아니, 그 '두 번째 목소리' 덕택이지." 니글이 말했다. "우리 둘 다 그 덕을 입었어."

그들은 함께 살며 일했다. 얼마나 오랫동안인지는 알 수 없다. 처음에 종종 의견 차이를 느꼈다는 것은 부정할 수 없다. 특히 피곤할 때 그랬다. 처음에는 이따금 피곤했기 때문이었다. 그들은 둘 다 강장제를 받았다는 것을 알았다. 병에는 똑같은 꼬리표가 붙어 있었다. '휴식 이전에 샘물과 함께 몇 방울을 마실 것.'

그들은 숲 한가운데서 샘을 발견했다. 니글은 오래전에 딱 한 번 샘을 상상한 적이 있었지만, 그것을 그리지는 못했었다. 하지만 이제 그 샘은 멀리서 은은히 빛나는 호수를 이루며 그 시골에서 성장하는 모든 것들에 자양분을 주었다. 강장제 몇 방울을 넣으면 그 물은 약간 씁쓰름하고 떫은맛이 났지만 활기를 돋우어 주었고 머리를 맑게 해 주었다. 그것을 마신 후 그들은 각자 쉬었다. 그러고 나서 다시 일어났고 즐겁게 일을 계속했다. 그럴 때면 니글은 놀라운 새 꽃들과 식물들을 생각해 내곤 했고, 패리시는 그것들을 어떻게 심어야 할지, 어디에서 가장 잘 자랄지를 언제나 정확히 알고 있었다. 강장제가 다 떨어지기도 전에 그들은 그것을 필요로 하지 않게 되었다. 패리시는 이제 다리를 절뚝거리지 않았다.

그들의 작업이 끝나 감에 따라 그들은 주변을 걸어 다니고 나무들과 꽃들, 빛과 형체들, 그리고 지형을 바라보는 데 시간을 점점 더 많이 할애했다. 때로 그들은 함께 노래를 불렀다. 그러나 니글은 이제 더 자주 산으로 눈길을 돌리는 자신을 깨닫게 되었다.

마침내 계곡의 집과 정원, 풀밭, 숲, 호수, 너른 평원이 그 나름대로 적절하게 거의 완벽한 형태를 갖추었다. 그 커다란 나무는 꽃을 활짝 피웠다.

“오늘 저녁이면 끝날 걸세.” 어느 날 패리시가 말했다.

"그러고 나서 정말 긴 산책을 나가기로 하지."

그들은 다음 날 출발했고 계속 걸어서 먼 곳을 지나 끄트머리에 이르렀다. 그것은 물론 눈에 보이지 않았고, 줄이나 담장이나 벽도 없었다. 하지만 그들은 그 시골의 경계에 이르렀음을 알고 있었다. 목동처럼 보이는 어떤 남자가 눈에 들어왔다. 산으로 이어지는 비탈진 풀밭을 내려오며 그들에게 다가오고 있었다.

"안내자가 필요하세요?" 그 사람이 물었다. "계속 가고 싶습니까?"

잠시 니글과 패리시 사이에 그늘이 드리워졌다. 이제 니글은 계속 가고 싶었고 (어떤 의미에서는) 가야 한다는 것을 알고 있었다. 그러나 패리시는 가고 싶지 않았고 아직은 갈 준비가 되지 않았다.

"내 아내를 기다려야 하네." 패리시가 니글에게 말했다. "아내가 외로울 거야. 조만간 아내가 준비를 마치고 나도 아내를 위해 모든 준비를 갖추면 그들이 아내를 내게 보내 줄 거라고 생각하네. 이제 집이 완성되었지. 우리가 최선을 다해서 잘 만들었어. 나는 그 집을 아내에게 보여 주고 싶네. 아내는 그 집을 더 훌륭하게 가꿀 수 있을 걸세. 더욱 집다운 분위기가 나도록 말일세. 이곳이 아내의 마음에 들기를 바란다네." 그는 목동에게 몸을 돌렸다. "당신이 안내자인가요?" 그가 물었다. "이곳 지명을 알려줄 수 있습니까?"

"모르셨어요?" 그 남자가 말했다. "여기는 '니글의 시골'입니다. '니글의 그림'이지요. 아니, 대부분이 그렇습니다. 이제 조금은 '패리시의 정원'이 되었지요."

"니글의 그림이라고요!" 패리시는 깜짝 놀라서 말했다. "자네가 이것을 모두 생각해 냈단 말인가, 니글? 자네가 이렇게 현명한 사람인 줄 몰랐네. 왜 내게 말하지 않았나?"

"오래전에 니글은 당신에게 말하려 했습니다." 그 남자가 말했다. "하지만 당신이 들으려 하지 않았지요. 그 당시 니글에게는 캔버스와 물감밖에 없었어요. 그런데 당신은 그것을 얻어서 당신의 집 지붕을 수리하려고 했지요. 이것이 바로 당신과 당신의 아내가 '니글의 하찮은 짓거리'니 '더덕더덕 칠하기'라고 부른 것입니다."

"하지만 그때는 이렇게 보이지 않았어요. '현실' 같지 않았지요."

"물론입니다. 그때는 그저 흘끗 본 풍경에 지나지 않았으니까요." 그 남자가 말했다. "하지만 관심을 기울일 가치가 있다고 한 번이라도 생각했더라면 당신도 그 풍경을 어렴풋이 보았을 겁니다."

"나도 자네에게 기회를 주지 않았지." 니글이 말했다. "설명하려 들지 않았으니까. 나는 자네를 '늙은 땅벌레'라고 부르곤 했어. 하지만 그게 무슨 상관인가? 이제 우리는 함께 지내면서 일해 오지 않았나! 어쩌면 상황이 달라졌을지도 모르지만, 이보다 더 좋을 수는 없었을 걸세. 어떻든 유감스럽지만 나는 계속 가야 할 것 같네. 우리는 다시 만날 걸세. 우리가 함께 할 수 있는 일들이 아주 많을 테니까. 잘 있게!" 그는 다정하게 패리시와 악수했다. 선량하고 확고하고 정직한 손이었다. 그는 몸을 돌리고 잠시 돌아보았다. 그 커다란 나무의 꽃들은 불꽃처럼 빛나고 있었다. 새들은 공중에서 날아다니며 노래를 부르고 있었다. 그러자 그는 미소를 짓고 패리시에게 고개를 한번 끄덕이고는 목동과 함께 걸어갔다.

그는 고원의 양과 목초지에 대해서 배우고 더 넓은 하늘을 올려다보며 산들을 향해 더 멀리 오르막길을 계속 걸어갈 것이다. 그곳을 넘어서서 그가 어떻게 되었는지 나는 짐작할 수 없다. 옛집에 살던 자그마한 니글도 아스라이 먼 그 산들을 어렴풋이 볼 수 있을 따름이었고, 그 산들은 그 그림의 테두리로 들어가 버렸었다. 그러나 그 산들이 과연 어떻게 생겼는지, 그 너머에 무엇이 자리 잡고 있는지는 오직 그 산에 오른 사람들만이 말할 수 있다.

"내가 보기에 그는 어리석은 사람이었소." 시의원 톰킨스가 말했다. "사실 무가치한 작자였지. 사회에 전혀 유용하지 않았으니까."

"아, 그럴까요?" 앳킨스가 말했다. 그는 전혀 중요한 인물이 아니었다. 그저 교사에 불과했다. "나는 그렇게 확신할 수 없습니다. 당신이 유용하다는 말로 무엇을 뜻하는지에 따라 다르겠지요."

"현실적으로나 경제적으로나 쓸모가 없다는 말이오. 당신들, 학교 교사들이 자기 임무를 충실히 수행한다면, 그 사람도 아마 어떤 유용한 톱니바퀴의 한 부분이 될 수 있었을 거요. 하지만 당신들이 그렇게 하지 않으니까, 그처럼 쓸모없는 사람들이 생기는 거요. 내가 이 지역을 운영한다면, 나는 그 작자나 그런 부류의 사람들에게 적합한 일을 하도록 시킬 거요. 공동 부엌에서 접시를 닦는다든지 그런 일들 말이오. 그리고 그 일을 제대로 해내는지 감시하겠소. 아니면 그들을 집어넣든지. 오래전에 '그'를 집어넣었어야 했는데."

"그를 집어넣는다고요? 그가 자기 때가 되기도 전에 그 여행을 떠나도록 만들었을 거라는 뜻입니까?"

"그렇소. 당신이 그처럼 무의미하고 케케묵은 표현을 사용해야겠다면 말이오. 그를 터널 속으로 밀어 넣어 방대한 쓰레기 더미에 던져 버리겠소. 그게 내 말뜻이오."

"그렇다면 시의원께서는 그림이 아무 가치도 없다고 생각하십니까? 보존하거나 개선하거나 이용할 가치도 없다는 겁니까?"

"물론 그림은 유용한 점이 있소." 톰킨스가 말했다. "하지만 그의 그림은 쓸 데가 없소. 새로운 생각과 새로운 방법을 두려워하지 않는 과감한 젊은이들은 기회가 많소. 그처럼 낡아빠진 작자들은 그렇지 않아요. 혼자 공상하는 것에 불과하지. 자기 목숨이 달린 일이라 해도 그 사람은 효과적인 포스터 한 장 그려 낼 수 없었을 거요. 언제나 이파리와 꽃들을 끼적거리고 있었으니까. 한번은 왜 그런 것을 그리는지 그에게 물어보았소. 그것들이 예쁘다고 생각한다

더군! 믿을 수 있겠소? '예쁘다'고 말하더라니까! '뭐라고? 식물의 소화 기관과 생식 기관이 말이오?' 내가 그에게 말했지. 그랬더니 아무 대답도 못 하더군. 허튼짓이나 하는 어리석은 사람."

"허튼짓이나 하는 사람이라." 앳킨스가 한숨을 지었다. "그래, 자그마하고 가엾은 사람이었지요. 그는 아무것도 끝내지 못했어요. 아, 그의 캔버스는 그가 가 버린 다음에 '좀 더 나은 용도'에 쓰였지요. 하지만 과연 그런지 나는 확신할 수 없습니다, 톰킨스. 그 커다란 그림을 기억하시지요? 폭풍우와 홍수가 지나간 다음에 그 옆집의 부서진 지붕을 덮는 데 쓰였던 것 말입니다. 그 그림의 한 부분이 찢겨 나가서 들판에 나뒹구는 것을 보았지요. 상태가 좋지 않았지만 알아볼 수 있었습니다. 산봉우리와 작은 나뭇가지였지요. 나는 그 그림을 내 마음속에서 지울 수 없습니다."

"당신의 무엇에서라고?" 톰킨스가 말했다.

"두 분이 누구에 대해 이야기하십니까?" 퍼킨스가 논쟁을 가라앉힐 목적으로 끼어들며 물었다. 앳킨스는 얼굴이 붉게 달아올라 있었다.

"그 이름은 입에 올릴 가치도 없소." 톰킨스가 말했다.

"우리가 왜 그 사람에 대해 이야기하는지 모르겠군. 그는 마을에 살지도 않았는데."

"그렇지요." 앳킨스가 말했다. "하지만 어떻든 당신은 그의 집에 눈독을 들이고 있었지요. 그래서 당신은 그의 집을 방문해서 그의 차를 얻어 마시면서 그를 조롱하곤 했던 겁니다. 자, 이제 당신은 마을에 있는 집뿐 아니라 그의 시골집까지 차지했으니 그의 이름을 입에 올리기 싫어할 필요가 없습니다. 자네가 알고 싶다면, 퍼킨스, 우리는 니글에 대한 이야기를 하고 있었네."

"아, 불쌍한 니글!" 퍼킨스가 말했다. "그가 그림을 그린 줄은 전혀 몰랐는데."

아마도 대화 중에 니글의 이름이 마지막으로 언급된 것은 이때였을 것이다. 하지만 앳킨스는 그 기묘한 그림 조각을 보관했다. 그것은 전체적으로 구겨져 있었지만 아름다운 이파리 하나는 온전히 남아 있었다. 앳킨스는 그것을 액자에 넣었다. 훗날 그는 그것을 마을 박물관에 물려주었고, 오랫동안 〈이파리: 니글 작作〉은 박물관의 구석진 곳에 걸려 있었으며, 그저 몇몇 사람만이 그것을 보았다. 그러나 결국 그 박물관은 화재로 전소했고, 이파리와 니글은 그 옛

마을에서 완전히 잊혔다.

"실로 그곳이 매우 유용하다는 점이 입증되고 있어요." '두 번째 목소리'가 말했다. "휴식을 위해서나 회복을 위해서 말이지요. 요양을 위해서도 훌륭한 곳이지요. 그뿐 아니라 많은 사람들에게 그곳은 산으로 가기 위한 예비 과정으로서 최고예요. 어떤 경우에는 기적을 만들어 내기도 하고요. 나는 사람들을 점점 더 많이 그곳으로 보내고 있어요. 돌아와야겠다고 느끼는 사람이 거의 없어요."

"그렇습니다." '첫 번째 목소리'가 말했다. "그곳에 이름을 붙여야 할 텐데요. 어떤 지명이 좋겠습니까?"

"얼마 전에 짐꾼이 그 이름을 정했어요. '평원의 니글의 패리시행 기차'(parish는 교구敎區를 뜻하므로 '니글의 패리시'는 '니글의 마을'도 의미한다—역자 주)라고 소리쳐 부른 지 이제 꽤 오래되었지요. 니글의 패리시라! 그 두 사람에게 그렇게 이야기해 주라고 전갈을 보냈어요."

"그들이 뭐라고 말했답니까?"

"둘 다 웃었다더군요. 그 웃음소리가—그 소리가 온 산에 울려 퍼졌고요."

베오르흐트헬름의 아들
베오르흐트노스의 귀향

(I)
베오르흐트노스의 죽음

991년 8월, 애설레드 2세가 통치하던 시절에 에섹스의 몰던 근방에서 전투가 벌어졌다. 한쪽에는 에섹스의 수비 병력이 진을 치고 있었고, 다른 쪽에는 입스위치를 유린한 바이킹 무리가 대치하고 있었다. 잉글랜드인들의 지휘자는 에섹스의 공작, 베오르흐트헬름의 아들 베오르흐트노스였다. 한창 시절에 명성을 떨쳤던 그 공작은 막강하고 두려움을 모르는 오만한 자였다. 이제 그는 늙어 백발이 성성했지만 그래도 원기 왕성하며 용맹했고, 그의 흰 머리는 다른 사람들 머리 위로 우뚝 솟았다. 그는 대단한 장신이었다.[46] '데인족들'—여기서 그들은 대부분 노르웨이인이었을 것이다—을 이끈 자는, 어느 앵글로색슨 연대기에 따르면, 북유럽의 사가와 역사서에서 올라프 트리그바손이라는 이름으로 유명하고 나중에 노르웨이의 왕이 된 안라프였다.[47] 북

[46] 어느 추정에 따르면 207센티미터였다. 서기 1769년, 엘리에 있는 그의 무덤에서 그의 유골의 길이와 크기를 조사했고 그 근거로 이런 추정치가 나왔다.

[47] 올라프 트리그바손이 실제로 몰던 전투에 참여했다는 것은 현재 의심스럽게 여겨진다. 그러나 그의 이름은 잉글랜드인들에게 알려져 있었다. 그는 예전에 브리튼섬에 온 적이 있었고 994년에 다시 왔음은 확실하다.

구인들은 현재 블랙워터강이라 불리는 판테강 하구로 배를 몰고 올라와 노르시섬에 진을 쳤다. 따라서 강줄기를 사이에 두고 북구인들과 잉글랜드인들이 대치하고 있었다. 밀물로 물이 불어나 강을 건너려면 '다리'나 방죽길로 갈 수밖에 없는데 결연한 수비력에 맞서 강행하기 어려웠다.[48] 방어 세력은 확고했다. 그러나 바이킹들은 자기들이 상대해야 할 사람이 어떤 인간인지 알았고, 아니면 알았던 듯이 보인다. 그들은 공정한 전투를 치를 수 있도록 여울목을 건너게 해 달라고 요청했다. 베오르흐트노스는 그 도전을 받아들였고, 그들이 여울을 건너도록 허락해 주었다. 이처럼 강한 자부심 때문에 기사도 정신을 잘못 발휘한 그의 행위는 결국 치명적이었다. 베오르흐트노스는 살해되었고, 잉글랜드인들은 패주했다. 그러나 공작의 '가솔', 즉 베오르흐트노스가 수호대로 선발한 기사들과 무관들 및 가족 구성원들도 일부 포함된 그의 가신heorðwerod은 계속 싸웠고, 결국 모두 전멸하여 그들의 주군 옆에 쓰러졌다.

당대 시 한 편의 일부—325행에 달하는 긴 단장—가 보

---

[48] 현재 일반적으로 수용되는 E.D. 라보드의 견해에 따르면 그러하다. 노르시섬과 본토 사이의 방죽길 또는 양륙장은 아직도 존재한다.

존되었다. 이 단편적 원고는 시작도 끝도 없고 제목도 없지만, 지금은 일반적으로 「몰던의 전투」로 알려져 있다. 이 시는 바이킹들이 평화에 대한 보상으로 공물을 바칠 것을 요구하고, 베오르흐트노스가 당당하게 이를 거절하고 도전하며 '다리'를 방어하고, 바이킹들이 교활한 요청을 통해 방죽길을 통과하고, 마지막 전투에서 중상을 입은 베오르흐트노스의 손에서 황금 손잡이가 달린 칼이 떨어져 나가고 그의 몸을 이교도들이 베어 버린 사건을 들려준다. 그 단장의 절반가량을 차지하는 마지막 이야기는 그 친위대의 마지막 저항을 다룬다. 많은 잉글랜드인들의 이름과 행적, 언사가 기록되어 있다.

베오르흐트노스 공작은 수도승들을 지원했고 교회, 특히 엘리 수도원을 후원했다. 그 전투가 끝난 후 엘리의 수도원장은 그의 시신을 확보해서 수도원에 매장했다. 그의 머리가 잘려져 나갔고 다시 찾지 못했기에 무덤에는 밀랍으로 만든 구체로 대체되었다.

훗날 12세기에 나온 대체로 비역사적인 기록 『엘리의 책 Liber Eliensis』에 따르면, 엘리의 수도원장은 몸소 수사들 몇 명과 함께 전장에 갔다. 그러나 다음에 나오는 시에서 수도

원장과 수도승들은 몰던까지만 갔고 그곳에 있다가 전투가 끝난 후 밤늦게 약간 떨어져 있던 전장에 공작의 하인이었던 두 남자를 보냈다고 가정된다. 그들은 베오르흐트노스의 시신을 찾아오기 위해 수레를 몰고 가서는, 방죽길이 끝나는 곳 부근에 수레를 두고 살해된 시신들 사이를 수색하기 시작했다. 양쪽 다 아주 많은 이들이 죽어 쓰러져 있었다. 토르트헬름(흔히 토타라고 불린)은 음유시인의 젊은 아들로, 그의 머릿속은 가령 프리지아의 왕 핀과 하소바르드 Hathobards 가문의 프로다, 베오울프 같은 옛 북구 영웅들과 보르티게른(영어로 붜르트게오른이라 불린)의 시절에 영국 바이킹들의 전통적 지도자였던 헹게스트와 호르사에 관한 옛 노래로 가득 차 있고, 티드발드(간단히 티다)는 늙은 자유민 ceorl으로 잉글랜드 방위군에서 많은 전투를 치른 농부였다. 두 사람은 실제로 전투에 참여하지 않았다. 수레에서 내린 후 그들은 점점 짙은 어둠이 깔리는 가운데 따로 찾아 나섰다. 어둡고 구름이 잔뜩 낀 밤이었다. 토르트헬름은 시신이 첩첩이 쌓인 들판에 홀로 있음을 깨닫는다.

그 옛 시에는 전투가 벌어지기 전에 열린 회의에서 오파가 당당하게 선언한 말과 용맹한 젊은이 앨프위네(머시아의 유서 깊은 귀족 가문의 자손)의 이름이 기록되어 있다. 오파는 그의 용기를 칭찬했다. 또한 두 명의 울프마에르, 베오르흐트노스의 누이의 아들 울프마에르와 울프스탄의 아들인 젊은 울프마에르의 이름도 등장한다. 그들은 슬프게도 앨프노스와 함께 목이 베인 채 베오르흐트노스 옆에 쓰러졌다. 현재 남아 있는 시의 끝부분에서 늙은 신하 베오르흐트볼드는 마지막 필사적인 저항으로 죽음을 각오하며 그 유명한 말을 입에 올리고 영웅적 덕목을 요약하는데, 그것이 여기 토르트헬름의 꿈에서 언급된다.

Hige sceal þe heardra, heorte þe cenre,
mod sceal þe mare þe ure maegen lytlað.

"우리의 기운이 약해질수록 의지는 더 강인해지고, 가슴은 더 과감해지며, 정신은 더 위대해질 것이다."

여기서 이 말은 '독창적'인 표현이 아니라 예로부터 전해진 명예로운 영웅적 의지의 표현이라는 사실이 함축되어 있고, 실제로 그럴 개연성이 다분하다. 그렇기에 베오르흐트볼드가 마지막 순간에 그 표현을 실제로 사용했을 가능성은 줄어드는 것이 아니라 오히려 더 커진다.

만가Dirigie가 처음 들린 후 어둠 속에서 들려오는 세 번째 잉글랜드인의 목소리는 운율을 사용하며 옛 두운체 영웅시의 쇠퇴와 종말을 예시한다. 이 옛 시는 자유로운 형식의 두운체 행으로 구성되어 있는데, 현재 남아 있는 옛 잉글랜드 영웅시의 마지막 단장이다. 여기 나오는 현대 시는 그 운율로 쓰여 있고, (대화에 사용되었지만) 운율이 「몰던의 전투」 시행보다 자유로운 부분이 있더라도 극히 드물다.

운율을 이루는 시행들은 『엘리의 책』에서 카누테 왕을 언급한 시 몇 편을 상기시킨다.

Merie sungen ðe muneches binnen Ely,
ða Cnut ching reu ðerby.
'Roweð, enites, noer the land
and here we ther muneches saeng'.
엘리의 수사들은 즐겁게 노래했네,
카누테 왕이 근방에서 노를 저을 때.
"노를 저어라, 기사들이여, 뭍 가까이에서,
수사들의 노래를 들어라."

(II)
베오르흐트헬름의 아들 베오르흐트노스의 귀향

한 남자가 어둠 속에서 머뭇거리며 거칠게 숨 쉬는 소리가 들린다. 갑자기 어떤 목소리가 큰 소리로 날카롭게 말한다.

토르트헬름.

멈춰! 뭘 하는 거야? 지옥에 끌려갈 놈! 말해!

티드발드.

토타! 자네 이빨이 부딪치는 소리에 자네인 줄 알았네.

토르트헬름.

아니, 티다, 당신이군요. 죽은 자들 사이에 혼자 있으려니 시간이 오래 지난 것 같아요. 이들은 너무 괴이하게 누워 있고요. 계속 지켜보고 기다리다 보니 급기야 한숨짓는 바람 소리가 유령들이 깨어나 속삭이는 말처럼 내 귓속에서 웅얼거렸어요.

티드발드.

그리고 자네 눈은 고분유령과 귀신을 상상했겠지. 달이 넘어간 후로 칠흑 같은 암흑천지라네. 하지만 내 말을 명심하게. 여기서 멀지 않은 곳에서 공작님을 찾을 수 있을 걸세,
무슨 일이 있어도.

티드발드는 어두운 등불의 희미한 빛줄기를 내비친다. 올빼미 한 마리가 부엉부엉 운다. 빛줄기 사이로 검은 형체가 휙 지나간다. 토르트헬름은 깜짝 놀라 뒷걸음질 치다가 티다가 땅에 내려놓은 등불을 넘어뜨린다.

자네 왜 그러나?

토르트헬름.

주님, 우리를 구하소서! 들어 봐요!

티드발드.

이보게 젊은이, 자넨 제정신이

아니야. 자네의 공상과 공포로 아무것도 아닌 것을 적으로
만들고 있어. 이것을 들어 올리는 걸 도와주게! 이들을
혼자 끌어당기려니 힘겹군. 긴 시신들과 짧은 시신들,
두꺼운 시신들과 가는 시신들을. 유령에 대한 생각도,
말도 줄이게. 음유시인의 허튼소리는 잊어버리라고!
그들의 유령은 지하에 있네, 아니면 하느님이
데려가셨든지. 그리고 늑대들은 워든의 시절처럼
나다니지 않네, 여기 에섹스엔 없어. 혹시라도 뭐가 있다면
다리가 둘 달린 인간이겠지. 저기 저자를 뒤집어 보게!

올빼미가 다시 부엉부엉 운다.

그냥 올빼미야.

토르트헬름.

나쁜 전조예요. 올빼미는 불길한
징조라고요. 그래도 난 겁나지 않아요. 상상의 공포에 빠져
있지 않고요. 날 바보라고 부르세요. 하지만 수의에 덮이지
않은 시신들 사이의 어둠이 소름 끼친다고 느낄 사람이
나 말고도 많을 거예요. 이교도들의 지옥을 뒤덮은 어둑한
그림자 같아요, 찾아봐야 소용없는 절망적인 왕국에서.

우리가 영원히 찾더라도 이 어둠 속에서는
공작님을 찾지 못할 거예요, 티다.
  오 사랑하는 나리, 오늘 밤에 어디 누워 계신 겁니까,
백발이 성성한 머리를 딱딱한 베개에 누이고,
팔다리는 긴 잠에 빠진 채?

티드발드가 어두운 등불의 빛을 다시 내비친다.

티드발드.

여기를 보게, 젊은이, 시신들이 가장 빽빽이 쌓인 곳을!
여기! 도와주게! 이 머리를 우리는 알지!
울프마에르야. 틀림없이 장담하건대,
그는 벗인 주군에게서 멀지 않은 곳에서 쓰러졌을 걸세.

토르트헬름.

공작님의 누이의 아들이지요! 노랫말에 따르면,
어려울 때 조카는 언제나 삼촌 옆을 떠나지 않을 겁니다.

티드발드.

아니, 그는 여기 있지 않네 — 아니면 목이 베여 보이지 않거나. 내가 말한 사람은 다른 쪽, 이스트색슨의 젊은이, 울프스탄의 막내라네. 아직 자라지 않은 그들을 그러모으려니 지독한 일이로군. 게다가 용감한 소년이었지, 대장부의 자질이 있었고.

토르트헬름.

우리에게 자비를 내리소서!
그는 나보다도 어렸어요, 한 살이나 그 이상.

티드발드.

여기 그의 팔 옆에 앨프노스도 있군.

토르트헬름.

그가 바랐던 대로군요. 일을 할 때나 놀 때나 그들은 단짝 친구였고 그들의 군주에게 충실해서 친척처럼 그분께 붙어 있었지요.

티드발드.

제기랄, 이 등불과 침침한
내 눈이여! 내 맹세하겠네, 그들은 영주님을 지키다가
쓰러진 걸세. 그러니 멀지 않은 곳에
영주님이 계신 거지. 그들을 조심해서 옮기게!

토르트헬름.

용감한 젊은이들! 수염 난 어른들이 방패를 등에 메고
전투를 피해 노루처럼 달아나다니
고약한 일이에요, 그들의 아들들을 저 붉은 이교도들이
쓰러뜨리고 있는데. 죽을 때까지 잉글랜드가
수치스러워할 저 비겁자들에게 하늘의 재앙이
내리기를! 여기 앨프위네가 있군요.
수염도 거의 나지 않은 소년인데 그의 전투는 끝났어요.

티드발드.

참 안됐군, 토타. 그는 용감한 어린 군주였네.
우리에겐 그와 같은 사람이 필요해.
옛 철로 벼린 새 칼 같은. 불처럼 열렬하고
강철처럼 단호한. 때로 엄격하게 말하고,

오파와 같은 부류답게 거침없이 말했지.

토르트헬름.

오파라! 그는 입을 다물게 되었지요. 모두가 그를 좋아한 건 아니었어요. 주인님이 내버려 두었으면 많은 사람들이 그에게 재갈을 물렸을 겁니다. "회의에서 암탉의 심장을 갖고 오만하게 울어 대는 겁쟁이들이 있어요." 그가 제후들의 모임에서 그렇게 말했다고 들었어요. 노랫말에 나오듯이, "벌꿀 술을 마실 때 맹세한 것을, 아침이 오면 행동으로 답하게 하라. 그러지 않으면 마신 것을 토하게 하고 주정뱅이라는 것을 보여주라." 하지만 그 노래들이 쇠하고, 세상은 더 나빠집니다. 내가 이 전장에 있었으면 좋을 텐데, 짐과 게으른 노예들, 요리사와 종군 상인 들과 함께 뒤에 남겨지지 않았더라면 좋았을 것을! 맹세코, 티다, 나는 그분을 모신 어떤 제후 못지않게 그분을 사랑했어요. 가엾은 자유민이 자질을 검증받으면 결국에 더 강인하다고 입증될 겁니다. 워든 이전의 왕들로 거슬러 올라가 친족들을 헤아리는 작위 있는 백작들보다 말이지요.

티드발드.

큰 소리야 칠 수 있지, 토타. 자네의 때가 올 거야.
그리고 노랫말에 나오듯이 그렇게 쉬워 보이지 않을
걸세. 쇠는 쓴맛이 난다네, 칼이 물어뜯으면 잔인하고
차갑지, 자네가 거기 부딪치면. 자네가 신이 나서 날뛰다가
비틀거리면, 신께서 자네를 지켜 주시기를!
자네의 방패가 덜덜 떨릴 때, 수치와 죽음 사이에서
선택해야 하는 가혹한 일에 처하지. 이것을 옮기게 도와주게!
저기, 그것을 들어 올리고—사냥개 시체로군,
거대한 이교도야!

토르트헬름.

저걸 가려 줘요, 티다!
등불을 꺼 줘요! 그가 날 보고 있어요.
난 그의 음산하고 사악한 눈을 견딜 수 없어요.
달에 있는 그렌델 눈 같아요.

티드발드.

그래, 험악한 녀석이야. 하지만

그는 죽었고 끝장났네. 난 데인족들은 신경 쓰지 않아,
칼과 도끼를 들고 있지 않으면. 일단 지옥에 갔으니 미소를
짓든 노려보든 마음대로 하라지. 자, 다음 것을 끌어내게.

토르트헬름.

보세요! 여기 다리가 있어요! 일 미터 길이에 세 사람의
넓적다리만큼 두꺼워요.

티드발드.

나도 그렇게 생각했네.

자 머리를 숙이고, 재잘거리는 입을 잠시 다물게, 토타!
마침내 영주님을 찾았네.

잠시 침묵이 흐른다.

자, 여기 계시는군—아니면 하늘이 우리에게 남겨 주신
것이. 이 땅에서 제일 긴 다리일 걸세.

토르트헬름.

(목소리가 커지며 시를 읊조린다.)

그분의 머리는 왕관을 쓴 이교도 왕들의
투구보다 높이 솟았고, 그분의 심장은
잘 닦이고 입증된 영웅들의
칼보다 더 예리했고, 그분의 영혼은 더 깨끗했네.
그분의 가치는 도금한 금보다 더 컸지.
세상을 떠나셨네, 평시에도 전시에도
비길 데 없는 군주, 공정하게 판단하고,
오래전의 황금 군주들처럼 너그럽게 베풀어 주신 분.
영광을 찾아 신에게로 가셨네,
사랑하는 베오르흐트노스.

티드발드.

멋진 말이군, 젊은이!
저 엮인 창 자루는 비탄에 찬 가슴들에게 아직 귀중한
가치가 있네. 그러나 할 일이 있어,
장례식이 시작되기 전에.

토르트헬름.

찾았어요, 티다!
여기 그분의 칼이 있어요. 황금 손잡이를 보면
단언할 수 있어요.

티드발드.
다행이로군. 그 칼을 어떻게
놓쳤는지 놀라운 일일세. 시신이 잔인하게 훼손되었네.
그분의 몸에서 다른 징표는 거의 찾지 못할 걸세.
그자들이 우리가 알던 영주님을 거의 남겨 두지 않았어.

토르트헬름.
아, 비통하고 더욱 처참하구나! 그 늑대 같은 이교도들이
그분의 머리를 베어 버렸고, 우리에게 남은 몸뚱이에
도끼로 난도질을 하다니. 끔찍한 살해야,
이 피투성이의 싸움이라니!

티드발드.
그래, 그게 자네가 맞이할
전투라네, 오늘 전투가 자네가 노래한, 프로다가 쓰러지고

핀이 살해된 전투보다 더 지독한 것도 아니라네.
그때도 세상이 울었지, 오늘 눈물을 흘리듯이.
하프 줄이 팅 하고 울리는 사이로 눈물 흐르는 소리를
들을 수 있지. 자, 등을 굽히게! 차갑게 식은
남은 부분을 운반해야지. 다리를 잡게!
이제 들어 올리게—조심조심! 이제 다시 올리게!

그들은 천천히 발을 끌며 걷는다.

토르트헬름.

이 시신은 그래도 소중할 거예요.
그자들이 훼손해 놓았어도.

토르트헬름의 목소리가 다시 높아지며 노래를 부른다.

이제 끝없이 애도하라
색슨인들과 잉글랜드인들이여, 바다의 언저리에서부터
서쪽의 숲까지! 장벽은 부서졌고,
여자들은 통곡하고, 숲은 활활 불타오르고,

불길은 멀리 떨어진 봉화처럼 화염을 내뿜는다.
그분의 유골을 모실 무덤을 높이 지어라!
여기에 투구와 칼이 모두 간직될 테니
그리고 땅에 묻힐 테니, 황금 갑옷과
화려한 의복, 반짝이는 반지,
깊이 존경하는 분을 위해 아낌없이 내놓은 재물이.
인간의 벗들 가운데 첫째이자 가장 고귀한 분,
한솥밥을 먹은 동료들을 한결같이 도와주고
동족에게는 가장 공정한 부족들의 아버지.
그는 영예를 사랑했다. 이제 영예를 얻어
그의 무덤은 푸르를 것이다, 지상에서나 바다에서,
세상에서 말이나 비탄이 지속되는 한.

티드발드.

꽤 멋진 말이네, 음유시인 토타!
짐작건대, 현명한 자들이 잠에 빠진 깊은 밤에
깨어 있으며 자네는 오랫동안 애써 노력했군.
그런데 나는 쉬고 싶고, 비통한 생각도 내려놓고 싶군.
지금은 그리스도교의 시대라네, 십자가가 무겁기는 하지만.

우리가 지금 나르는 분은 베오울프가 아니라
베오르흐트노스라네. 그분에게는 화장용 장작더미도,
쌓아 올린 봉분도 없을 거라네. 황금은 선량한
수도원장에게 주어지겠지. 수도승들이 애도하고 미사를
올리도록 하게!
유식한 라틴어로 그들은 그분을 집으로 인도할 걸세,
우리가 그분을 데려갈 수 있다면. 시신이 무겁군!

토르트헬름.

죽은 자들은 땅속으로 끌어당기죠. 자, 잠시 내려놓아요!
등골이 빠지는 것 같아요. 숨도 차고요.

티드발드.

말하는 데 기운을 덜 썼으면 더 빨리 갈 텐데.
하지만 수레가 멀지 않으니 좀 견뎌 보게!
자 다시 출발하지. 나와 보조를 맞추게!
일정하게 걸음을 옮기면 돼.

토르트헬름이 갑자기 멈춘다.

비틀거리다니, 이런 멍청이,
어디를 가는지 잘 보라고!

토르트헬름.

제발 가련히 여기고
여기서 멈춰요, 티다! 잘 들어 봐요, 그리고 보라고요!

티드발드.

어디를 보란 말이야, 이보게?

토르트헬름.

저기 왼쪽으로.
어떤 그림자가 기어가고 있어요. 서쪽 하늘보다
더 시커먼 그림자가 저기 웅크리고 걷고 있어요!
이제는 둘이 함께! 트롤의 형체 같아요, 아니면
지옥에서 온 자들이든지. 불편한 걸음걸이로 걸으며
소름 끼치는 팔을 땅 쪽으로 내밀고 더듬어 찾고 있어요.

티드발드.

이름 모를 덩굴 식물이야—다른 건 보이지 않네,
더 가까이 올 때까지는. 이 지독한 어둠 속에서
인간과 악령을 구분하다니 자네는 마녀처럼 눈이 좋군.

토르트헬름.

그럼 귀를 기울여 봐요, 티다! 나지막한 목소리가 들려요,
신음과 중얼거리는 소리, 분명치 않은 웃음소리.
이쪽으로 오고 있어요.

티드발드.

그래, 이제 알겠네,
뭔가 들리는군.

토르트헬름.

등불을 숨기세요!

티드발드.

시신을 내려놓고 그 옆에 눕게!
자 쥐 죽은 듯이 조용히! 발걸음이 다가오네.

그들은 땅에 웅크린다. 은밀히 다가오는 발걸음 소리가 점점 크고 가까워진다. 발걸음이 바로 가까이 다가왔을 때 티드발드가 갑자기 소리를 지른다.

여보게, 젊은이들! 늦게 왔군, 자네들이 전투를 기대한다면 말이야. 하지만 내가 좀 찾아 줄 수 있네, 자네들이 오늘 밤에 원한다면. 어떤 것도 고생 없인 못 얻지.

어둠 속에서 난투극을 벌이는 소리가 난다. 그러고는 비명이 들린다. 토르트헬름의 목소리가 날카롭게 울린다.

토르트헬름.

이 킁킁거리는 돼지 새끼야, 이제 너를 베어 주겠어!
네 전리품을 가져가! 호! 티다, 저기!
내가 이놈을 죽였어요! 더는 살금살금 돌아다니지 못할 겁니다. 이 자가 칼을 찾고 있었다면, 금방 찾은 거지요, 물어뜯는 칼끝을.

티드발드.

유령을 살해했다고! 자네는
베오르흐트노스의 칼로 과감한 기개를 빌릴 생각인가?
아니, 칼을 깨끗하게 닦게! 그리고 정신 바짝 차리게!
그 칼은 더 나은 용도로 쓰이도록 만들어졌네. 자네에게
무기는 필요 없었어. 콧잔등을 강타하든, 뒷발질을 하든,
그렇게 하면 이런 부류와의 싸움은 끝난다네.
그들의 인생은 야비하지, 그러나 그런 녀석들을 왜
죽이나, 아니 왜 그것을 자랑질하나? 죽은 자들은 주위에
널려 있네. 그가 데인족이라면, 뭐랄까, 자네의 자랑을
봐주겠네—그런데 주위에 많이 있어,
멀지 않은 곳에, 더러운 도둑들이.
나는 진심으로 그들을 증오하네, 이교도이든 세례를
받았든, 악마의 자손들이야.

토르트헬름.

데인족이에요, 정말로!
서둘러요! 갑시다! 깜빡 잊었어요.
우리를 죽이려는 자들이 가까이 더 있을지 몰라요.
우리가 소동을 벌이는 소리를 들었으면 해적들이

떼거리로 몰려와 우리를 덮칠 거예요.

티드발드.

어이 용감한 검객!
이들은 북구인이 아니었네! 그들이 왜 오겠나?
그들은 마음껏 목을 베며 실컷 싸웠고,
약탈물을 탈취했지. 이곳은 텅 비었네.
그들은 지금 입스위치에서 맥주 잔을 돌리거나,
아니면 긴 선박을 타고 런던에서 조금 떨어진 곳에
정박해서, 토르에게 건배하며 지옥의 자손들의 슬픔을
달래고 있네. 이자들은 굶주린 족속이고, 지도자가
없는 졸개들인 데다 비열하게 숨어 행동하는 자들이네.
시체를 약탈하는 자들이지. 천벌을 받을 일이고
생각하기도 수치스럽네. 왜 몸서리를 치나?

토르트헬름.

자, 빨리 갑시다! 그리스도께서 저를
그리고 이 사악한 날들을 용서하시기를.
가엾게 여겨지지 않는 인간들이 누워 썩어 가고,

사람들은 굶주리고 겁에 질려 늑대들처럼,
죽은 자들을 무자비하게 끌고 가서 약탈하는 날들을!
저기를 보세요! 가느다란 그림자가 있어요,
세 번째 도둑이. 저 악당을 패 버립시다!

티드발드.

아니, 그냥 내버려 두게! 그러지 않으면 우리는 길을 잃을 거야. 사실 우리가 여기저기를 헤맸기에 나는 좀 혼란스럽네. 저자는 혼자서 두 명을 공격하려 하지 않을 거야. 자, 자네 쪽의 끝을 들어 올리게! 자, 올리게. 발을 내딛게.

토르트헬름.

그곳을 찾을 수 있어요, 티다?
이 밤의 어둠 속에서 나는 도통 모르겠어요,
어디에 수레를 두었는지. 돌아가면 좋겠는데!

그들은 한동안 아무 말 없이 발을 끌며 나아간다.

조심해서 걸어요! 우리 옆에 물이 있어요.
더듬거리다 물에 빠질 거예요. 여기가 블랙워터강이로군요!
저쪽으로 한 걸음만 더 가면 우리는 바보처럼 물속에서
허우적거릴 거예요—그리고 물이 밀려오고 있어요.

티드발드.

이제 방죽길에 왔네. 수레는 그 옆에 있으니
용기를 내게, 여보게. 몇 발짝만 더 이분을
옮길 수 있으면, 첫 번째 단계를 지난 거라네.

그들은 몇 걸음 더 나아간다.

에드먼드의 머리를 걸고 맹세코! 머리는 없어졌지만,
우리 영주님은 가볍지 않군. 자 내려놓게!
여기 수레가 기다리고 있군. 바로 여기 강둑에서
더이상의 노고 없이 장례식 맥주를
마실 수 있으면 좋겠군. 이분은 훌륭한 맥주를
풍부하게 나눠 주어 사람들을 기쁘게 해 주셨지,
진한 갈색 맥주였어. 나는 땀에 흠뻑 젖었네.

잠시 쉬도록 하세.

토르트헬름.

(잠시 후에) 참 이상한 생각이 들어요,
그 녀석들이 여기 방죽길을 어떻게 건넜는지,
아니면 치열한 전투를 벌이지 않고 통과하게 되었는지?
그런데 싸웠다는 증거가 거의 없어요.
산더미처럼 쌓인 이교도들을 발견하고 싶은데
근처에 한 놈도 없군요.

티드발드.

그래, 더욱 한탄스러운 일이지.
안타깝게도, 여보게, 우리 주군의 잘못이었네. 아니, 오늘
아침에 몰던에서 사람들이 그렇게 말했지. 너무나
자부심이 강하고, 너무나 군주다웠지! 하지만 그의
자부심은 기만당했고, 군주의 지위는 사라졌으니,
우린 그 용기를 칭송할 걸세. 그분은 그자들이 방죽길을
건너도록 허락하셨다네. 음유시인들이 노래할 놀라운
이야깃거리를 만들어 주기를 열망하셨네. 쓸데없이 고귀한

처사였지. 절대로 그러지 않았어야 했어. 활을 쏘지 말라고
명령하고, 다리를 내줬고, 무모한 자신감은 비길 자가
없었지! 자, 그분은 운명에 도전했고, 그로 인해 죽음을
맞았네.

토르트헬름.

그렇게 해서 오랜 세월 이어져 내려온 색슨 제후들
가운데 백작 혈통의 마지막 분이 쓰러지셨군요.
노래에 따르면, 그들은 동쪽의 앙겔에서
바다를 건너왔고, 전쟁의 대장간에서 벼려진
굶주린 칼로 웨일스인들을 쳐부쉈지요.
여기 영토를 차지해서 왕국을 세우고
오래전에 이 섬을 정복했고요.
이제 북쪽에서 다시 난국이 닥쳐 전쟁의 바람이
브리튼섬에 거칠게 몰아치는군요!

티드발드.

우리는 어지러운 난국에 처했고, 그 바람은 당시의 가난한
사람들처럼 우리를 몸서리치게 할퀴고 갈 걸세. 시인들이

뭐라고 주절거리든, 해적들이 모두 죽어 버리길! 가난한 자들이 약탈당하고 사랑하며 피땀 흘려 일해 온 땅을 뺏긴다면, 죽어 그 땅에 거름이 될밖에. 그들을 위한 만가는 없고, 아내와 자식들은 노예가 되어 일하겠지.

토르트헬름.

하지만 애설레드는 뷔르트게오른처럼
쉬운 먹잇감이 아닐 거예요. 또 장담할 수 있어요,
노르웨이의 이 안라프는 헹게스트나 호르사에
절대로 필적할 수 없어요!

티드발드.

그렇기를 바라네, 젊은이!
자, 다시 들어 올리도록 도와주게.
그러면 자네 임무는 끝이네. 자, 그의 몸을 돌리게!
내가 어깨를 들어 올리면 자네는 이제 정강이를 잡아 주게.
자, 자네 쪽으로 올리게! 높이! 다 끝났네.
저기 천으로 덮어 드리게.

토르트헬름.

더러운 담요가 아니라
깨끗한 리넨이어야 하는데.

티드발드.

지금은 그걸로 됐네.
수도승들이 몰던에서 우리를 기다리고 있어.
수도원장도 함께 있지. 우린 몇 시간 늦었어.
자, 올라타게! 자네의 눈은 눈물을 흘리고 자네의 입은
기도를 올릴 수 있겠지. 나는 말들을 신경 쓰겠네. 이려,
얘들아, 자. *(그는 채찍을 휘두른다)* 이려, 가자!

토르트헬름.

신이시여, 우리가 잘 도착하도록 길을 인도해 주십시오!

잠시 말이 없는 동안 덜거덕 소리와 삐걱거리는
바퀴 소리가 들린다.

이 바퀴들의 끽끽 소리가 심하군요. 진창과 돌 더미 너머

몇 마일 떨어진 곳에서도 삐거덕 소리가 잘 들리겠어요.

아무 말 없이 더 긴 침묵이 이어진다.

우선 어디로 가는 겁니까? 가는 곳이 먼가요?
밤이 지나고 있고 나는 거의 녹초가 되었어요…….
말해 봐요, 티다, 티다, 혀가 굳어 버렸어요?

티드발드.

나는 말하는 데 지쳤네. 내 혀는 쉬고 있어.
'우선 어디로' 가느냐고? 바보 같은 질문이군!
몰던의 수도사들에게 가네. 그러고 엘리의 사원으로
몇 마일 더 가네. 언젠가 끝날 거야.
하지만 요즘은 길이 몹시 파손되어 형편없네.
아직 자네는 쉴 수 없어! 침대를 기대하고 있었나?
자네가 얻을 수 있는 최상은 수레 바닥에 그의 몸을
받치고 눕는 거라네.

토르트헬름.

당신은 짐승처럼 냉혹하군요, 티다.

티드발드.

꾸밈없이 말하는 것일 뿐이네. 만일 어떤 시인이 자네에게,
'나는 사랑하는 그의 가슴에 내 머리를 기대고, 울음에
지쳐 비통한 마음으로 잠이 들었네. 그렇게 합쳐져서
우리는 여행했네. 온유한 주인과 충실한 하인이,
소택지와 큰 바위를 지나, 그가 영원히 쉴 곳,
사랑이 끝나는 곳으로'라고 노래했다면,
자네는 잔인하다고 말하지 않겠지.
내 가슴속에는 근심거리가 있네, 토타, 그리고
내 머리는 지쳤네. 자네가 안쓰럽군, 나 자신도 그렇고.
잠을 자게나, 여보게! 잠을 자라고! 살해된 자는
성가시게 굴지 않을 걸세, 자네의 머리가 무겁더라도,
또는 바퀴가 우르릉거려도.

그가 말들에게 말한다.

이려, 얘들아! 계속 달려라!

저 앞에 먹이와 깨끗한 축사가 있단다,
수사들은 친절하니까. 몇 마일을 달려 보자!

수레가 삐걱거리고 달각거리는 소리와 말발굽 소리가
얼마간 이어지고 한동안 아무 말도 오가지 않는다.
얼마 후 멀리서 희미한 빛이 깜박인다.
토르트헬름은 졸린 듯이, 반쯤 꿈을 꾸는 듯이
수레에서 말한다.

토르트헬름.

어둠 속에 촛불이 밝혀져 있고 차가운 목소리들이 들려요.
엘리섬에서 주인님의 영혼을 위한 미사의 만가가 들려요.
이렇게 시대가 지나가고, 인간들이 차례로 지나가요.
울고 있는 여자들의 애도하는 목소리가 들려요.
이렇게 세상이 지나가요. 하루가 가면 하루가 오고,
먼지가 쌓이고, 시간이 갉아먹어
그의 무덤이 허물어지고, 그의 친지와 친척 들은
점점 줄어 보이지 않는 곳으로 사라져요.
그렇게 인간들은 명멸하다가 어둠 속에서

꺼져 버려요. 세상은 쇠퇴하고 바람이 일어요.
촛불은 꺼지고, 차가운 밤이 뒤덮어요.

그가 말하는 동안 빛이 사라진다. 토르트헬름의 목소리는 점점 커지지만 여전히 꿈속에서 말하는 사람의 목소리이다.

어두워요! 깜깜해요, 파멸이 오고 있어요! 우리에게
남은 빛이 없나요? 불을 일으켜 불꽃에 부채질을 하세요!
하! 불이 이제 깨어나 화로가 뜨겁게 타오르고,
집에 불이 밝혀졌어요. 사람들이 거기 모여요.
안개 속에서 사람들이 나타나 파멸이 기다리는 어스레한
문간을 지났어요. 들어라! 홀에서 노래하는 그들의
목소리가 들려요. 그들은 큰 소리로 준엄한 말을 노래해요.
(그는 노래한다) 우리의 기운이 약해질수록
의지는 더 강인해지고. 가슴은 더 과감해지며,
정신은 더 위대해질 것이다. 마음은 흔들리지 않고,
감정은 동요하지 않을 것이다. 파멸이 다가와 암흑이
정복할지라도.

수레가 세게 부딪쳐 덜컥거린다.

이런! 엄청나게 덜걱거리는군요, 티다! 내 뼈가 흔들리고,
내 꿈이 부서져 버렸어요. 어둡고 추워요.

티드발드.

그래, 뼈에 충격을 받으면 꿈에 좋지 않지,
깨어나면 춥고. 그런데 자네 말이 이상했네.
토르트헬름, 여보게, 자네가 바람이며
파멸의 정복과 어두운 종말을 말했거든.
그건 좀 비현실적이고 포악하게 들렸네.
이교도처럼 들렸지. 나는 그런 말에 동의하지 않네.
그래, 깜깜한 밤이야. 하지만 불빛은 한 점도 없네.
사방이 어둡고, 영주님은 돌아가셨어.
아침이 되면, 다른 날들과 비슷하겠지.
땅이 파괴될 때까지 더 많은 노고와 상실이,
세상이 지나갈 때까지 노동과 전쟁이 끊이지 않겠지.

수레가 덜커덩거리며 계속 부딪친다.

아니! 바퀴 자국과 포장도로에서 덜컥거리고
덜커덩거린다니! 애설레드 시대의 잉글랜드인들에게
길은 거칠고 휴식은 짧군.

수레가 덜커덩거리는 소리가 서서히 사라진다. 얼마간 완벽한 정적이 이어진다. 노래를 부르는 소리가 서서히 들려온다. 오래지 않아 희미하기는 하지만 가사를 알아들을 수 있다.

Dirige, Domine, in conspectu tuo viam meam.
Introibo in domum tuam: adorabo ad templum
Sanctum tuum in timore tuo.
주여, 제가 당신을 볼 수 있도록 인도해 주십시오,
저는 당신의 집에 들어가겠습니다.
당신을 두려워하며 당신의 성스러운 사원을 향해
경배하겠습니다.
(어둠 속의 목소리)
그들은 슬프게 노래하네, 엘리섬의 수사들이!
노를 저어라, 노를 저어! 여기서 잠시 듣도록 하자!

노랫소리는 점점 더 커진다. 긴 촛불들 사이로 상여를 운반하는 수사들이 무대를 가로지른다.

Dirige, Domine, in conspectu tuo viam meam.
Introibo in domum tuam: adorabo ad templum
    sanctum tuum in timore tuo.
Domine, deduc me in iustitia tua: propter inimicos
meos dirige in conspectu tuo viam meam.
Gloria Patri et Filio et Spiritui Sancto: sicut erat in
principio et nunc et semper et in saecula saeculorum.
Dirige, Domine, in conspectu tuo viam meam.
주여, 제가 당신을 볼 수 있도록 인도해 주십시오.
저는 당신의 집에 들어가겠습니다.
당신을 두려워하며 당신의 성스러운 사원을 향해
경배하겠습니다. 주님은 나의 적들 때문에
당신의 정의로움으로 나를 이끌어 주시고
당신을 볼 수 있도록 내 길을 끌어 주시네.
영광이 성부와 성자와 성령과 함께,
처음과 같이 이제와 항상 영원히.

주님, 제가 당신을 볼 수 있도록 인도해 주십시오.

그들이 지나가고 성가는 서서히 정적 속으로 사라진다.

(III)
과도한 자신감

이 소품은 이 글에 영감을 불어넣은 고대 영어로 쓰인 단장보다 조금 더 길고, 시로 비판받거나 인정받도록 원래 운문으로 작성되었다.[49] 그러나 이 작품이 《에세이와 연구 논문》에 실릴 자격을 갖추려면 고대 영시의 소재와 방식에 대한 (또는 그 비평가들에 대한) 비평을 적어도 함축적으로라도 담고 있어야 할 것 같다.

그런 관점에서 볼 때 이 작품은 원본의 89, 90행에 관한 긴 논평이라고 말할 수 있다. 그 행에는 ðа se eorl ongan for his ofermode alytan landes to fela laþere ðeode “그 때 백작은 제어하기 어려운 자만심으로 적에게 진지를 내

[49] 실은 명백히 두 사람이 낭송하도록 의도한 작품이었고, “희미한 어둠” 속에서 두 형체가 몇 줄기 광선과 적절한 소음, 그리고 마지막 부분에서 성가의 도움을 받으며 낭송하는 형식으로 되어 있다. 물론 이 작품은 공연된 적이 없다.

주었다. 절대 하지 않았어야 할 행동이었다"라고 적혀 있다. 「몰던의 전투」는 위에 인용되었고 현재 작품에 사용된 늙은 충복 베오르흐트볼드의 말(312, 313행)에 관한 긴 논평이나 예시라고 대체로 간주되어 왔다. 그 행은 그 시에서, 어쩌면 고대 영시 전체에서 가장 잘 알려진 시구이다. 하지만 내게 그 행들은 그 표현의 탁월함을 제외하면 그 앞에 나온 행들만큼 흥미롭지 않다. 어떻든 두 부분을 함께 고려하지 않으면 이 시의 온전한 뜻을 놓치게 된다.

베오르흐트볼드의 말은 고대 스칸디나비아든 영국이든 북구의 영웅 정신을 가장 훌륭하게 드러낸 표현으로, 불굴의 의지에 봉사하는 극도의 인내심을 강조하는 신념의 가장 명료한 진술로 여겨져 왔다. 이 시는 전체적으로 "고대 영어로 쓰인 현존하는 작품 중 유일하게 순수한 영웅시"라고 불려 왔다. 하지만 그 신조가 이처럼 명료하고 (거의) 순수하게 드러나는 것은 바로 그것이 아랫사람의 입에서 나오기 때문이다. 그는 다른 사람에 의해 결정된 목적을 추구하기 위해 의지를 발휘한다. 그에게는 아랫사람에 대한 책임이 전혀 없고 오로지 윗사람에 대한 충성심만 있다. 그러므로 내면의 개인적 자부심은 가장 낮고 사랑과 충성심은 가장 높은 사람이다.

이 '북구의 영웅 정신'은 결코 전적으로 순수한 것이 아니다. 그것은 금으로 이루어졌지만 합금이다. 합금이 아니라면 그 정신은 필요할 때, 가령 어떤 의지의 목적을 달성하는 데 죽음이 도움이 될 때 혹은 자신이 지지하는 것을 부정해야만 목숨을 구할 수 있을 때, 죽음에 굴하지 않고 견디어 나가도록 인간을 이끌 것이다. 그러나 그런 행위는 경탄스럽게 여겨지므로, 개인적 명성이라는 합금은 완전히 배제되지 않는다. 그러므로 「몰던의 전투」에서 레오프수누는 살아서 집으로 돌아갈 때 받을 비난이 두려워 충성심에 매달린다. 이런 심리적 동기는 물론 '양심'을 거의 넘어서지 않을 것이다. 양심이란 동료의 의견에 비추어 자신을 판단하는 것이고, '영웅' 스스로도 그런 의견에 전적으로 동의한다. 만일 목격자가 없더라도 그는 똑같이 행동할 것이다.[50] 하지만 이 자부심pride이라는 요인은 현세에서뿐 아니라 사후에도 명예와 영광을 얻으려는 욕망으로 점점 커져서 가장 중요한 심리적 동기가 되고, 영웅이 갖추어야 할 삭막한 필수조건을 넘어서 과도하게—기사도 정신으로 몰

---

50 『가웨인 경과 녹색 기사』, 2127~2131행 참조.

아간다. 그 자부심이 필요와 의무를 넘어설 뿐 아니라 그런 것과 충돌할 때, 당대의 의견에 의해 인정받는다 하더라도 그것은 분명 '과도'하다.

그러므로 베오울프는 (그에 관한 시를 쓴 영웅·기사적 인물의 연구자가 그에게 부여한 동기에 따르면) 불필요한 일을 한다. 그는 괴수 그렌델과의 싸움을 '정정당당한' 시합으로 간주하고 자신의 개인적 영광을 드높이기 위해 무기를 들지 않는다. 그가 불필요한 위험에 빠져 데인족들을 참을 수 없는 고통에서 벗어나게 해 줄 가능성이 줄어들지만 말이다. 그러나 베오울프는 데인족들에 대한 의무가 없고, 아래에 대한 책임도 전혀 없는 아랫사람이었다. 그의 영광은 그가 속한 예어트족the Geatas(6세기 스웨덴 남부의 게르만 종족으로 베오울프의 씨족—역자 주)의 영광이기도 하고, 특히 그가 직접 말하듯이, 그가 충성을 바치는 군주, 히겔락Hygelac의 명예에 이바지할 것이다. 하지만 그는 기사도 정신을 결코 떨쳐 내지 않는다. 그가 늙은 왕이 되어 백성들의 모든 희망이 자신에게 달려 있을 때도 그 '과도함'은 사라지지 않는다. 용에 맞서기 위해 싸우러 나갈 때도 그는 자존심을 굽혀 무장 병력을 이끌지 않을 것이다. 영웅이더라도 그렇게 하는 것이 지혜로운 일이지만 말이다. 그는 자신이 많은 승리를 거두면서 공포에서 벗어났기 때문이라고 긴 '호언장담'에서 설명한다. 용과 대결하기 위해 그는 칼만 사용할 생각이다. 아무 무기 없이 용과 단독으로 몸싸움을 벌인다면 기사도 정신을 가진 사람에게도 너무나 가망 없는 모험이다. 그는 열두 명의 동료들을 떨쳐 버린다. 그러나 그를 패배에서 구조하고 용의 파괴라는 근본적인 목적을 달성하는 자는 바로 그의 충성스러운 신하이다. 이렇게 되지 않았더라면 베오울프의 기사도 정신은 그 자신의 무익한 죽음으로 끝났을 테고, 용은 여전히 활개 치고 다닐 것이다. 사실 그 충복은 필요 이상으로 큰 위험에 처하게 되었고, 주군의 자만심mod에 대해 자기 목숨으로 대가를 치르지는 않지만, 백성들은 왕을 잃으며 재앙을 겪는다.

『베오울프』는 다만 한 우두머리에게서 드러난 '과도함'의 전설을 보여 준다. 베오르흐트노스의 경우는 한 편의 이야기로 보더라도 더욱 신랄하지만, 이것은 당대의 작가가 실제의 삶에서 이끌어 낸 이야기이기도 하다. 여기서는 히겔락이 젊은 베오울프처럼 처신한다. 그는 대등한 조건에서의 '정정당당한 시합'을 추구하지만 다른 사람들을 희생

시키고 만다. 그의 위상을 보면 그는 아랫사람이 아니고, 남들을 즉시 복종하게 만드는 권위를 가진 자이다. 그는 모든 아랫사람에 대한 책임이 있고, 단 하나의 목적, 즉 무자비한 적으로부터 영토를 수호하는 것이 아니라면 그들의 생명을 저버려서는 안 된다. 그는 애설레드의 왕국과 백성, 그리고 영토를 수호하는 것이 자신의 목적이라고 스스로 말하기도 한다(52~53행). 그와 그의 부하들에게 영웅적인 행위는 침략자들을 파괴하거나 물리치기 위해서 싸우는 것, 필요하다면 전멸시키는 것이다. 그가 이 유일한 실제적 목적을 위해 치르는 필사적인 전투를 정정당당한 시합으로 간주하고 자신의 목적과 의무를 돌이킬 수 없이 방기한다면 전적으로 부적절한 일일 수밖에 없다.

베오르흐트노스는 왜 이렇게 처신했을까? 의심할 바 없이 성격상 결함 때문이다. 그러나 성격이란 자연적으로 형성될 뿐 아니라, 지금은 메아리를 제외하면 소실되어 버린 시인들의 이야기와 시에 간직된 '귀족적 전통'에 의해서 주조되기도 한다. 베오르흐트노스는 엄밀히 말하면 영웅이라기보다는 기사적인 인물이었다. 그에게는 명예 그 자체가 중요한 동기였으므로 그는 가신, 즉 자기에게 가장 소중한 사람들을 진정으로 영웅적인 상황에 빠뜨리는 위험을 무릅쓰며 명예를 추구했다. 그들은 오로지 죽음으로써 명예를 되찾을 수 있었다. 훌륭하게 보일지 몰라도 확실히 그릇된 일이었다. 영웅적이기에는 너무 어리석었다. 그 어리석음을 베오르흐트노스는 여하튼 죽음으로 완전히 상쇄할 수 없었다.

「몰던의 전투」의 시인은 이것을 인식했지만, 그의 생각이 표현된 시행은 주목을 거의 받지 못했거나 폄하되었다. 위에 제시된 번역은 (내가 생각하기로는) 그의 말에 함축된 힘과 의미를 정확하게 표현한다. 하지만 대부분은 커Ker의 번역, "그러자 백작은 지나치게 과감한 성격으로 그 가증스러운 족속에게 너무 많은 진지를 허용해 주었다"[51]에 더 익

[51] To fela는 고대 영어 어법에서 진지를 전혀 내주지 않았어야 한다는 것을 의미한다. 그리고 ofermod는 '지나친 과감함'을 뜻하지 않는다. 잉글랜드인들의 취향과 지혜는 ofer를 십분 인정해 주더라도 (그들의 행동은 어떻든 간에) '과도함'을 매우 강력하게 거부한다는 것을 감안하면 그렇다. Wita scàl gepyldig [···] ne næfre gielpes to georn, ær he geare cunne. 그러나 mod는 용기를 포함하거나 함축할 수 있지만 중세 영어 corage와 마찬가지로 '대담함'을 뜻하지는 않는다. 그것은 '정신'을 뜻하고 또는 수식어가 붙지 않을 때 '진취적 기상'을 뜻하며, 그것은 가장 흔히 자부심pride으로 표출된다. 그러나 ofer-mod에는 그것을 찬성하지 않는 단서가 붙어 있다. ofermod는 사실 언제나 비난조의 표현이다. 시에서 이 명사는 단 두 번 나오는데, 한 번은 베오르흐트노스에게, 다른 한 번은 루시퍼에게 사용되었다.

숙할 것이다. 이 행은 실은 '엄격한' 비판을 담고 있다. 하지만 그 비판이 충성심과 심지어 사랑과 공존할 수 없는 것은 아니다. 베오르흐트노스의 장례식에서 부르는 칭송의 노래는 당연히 그를 칭송하는 것이었을 테고, 베오울프를 위해 열두 명의 제후가 부른 애도가와 다르지 않다. 그러나 그 칭송도 더 위대한 시의 마지막 단어 lofgeornost, 즉 '무엇보다도 갈구하는 영광'이 일으킨 불길한 분위기로 끝났을 것이다.

「몰던」의 시인은 그의 작품의 단장에서는 89~90행에 담긴 의미를 상세히 설명하지 않았다. 이 시에 완결된 마무리와 최종적인 평가가 있었다면 (몹시 서둘러 쓴 작품은 아닌 것이 분명하므로 그럴 가능성이 농후하다) 그 의미를 요약했을 것이다. 만일 그에게 비판하고 반감을 표현하려는 마음이 있었다면, 가신의 언행에 대한 묘사에는 그가 의도했던 예리하고 비극적인 속성이 결여되어 있다. 그의 비판이 충분히 존중되지 않는다면 말이다. 그런 속성으로 인해 그 가신들의 충성심은 대단히 고양된다. 그들의 역할은 견디고 죽는 것이지, 의문을 제기하는 것이 아니다. 기록하는 시인이 누군가 큰 실수를 저질렀다고 공정하게 말할 수 있더라도 말이다. 그들의 상황에서는 영웅성이 최상의 가치이다. 그들의 주군이 과오를 저질렀더라도 그들의 의무감은 약해지지 않았고, (더욱 가슴 아프게도) 그 노인에 가까운 사람들의 마음속에서 사랑이 줄지도 않았다. 가장 영웅적이고 감동적인 것은 자부심이나 고집으로 빚어낸 영웅성이 아니라 복종과 사랑의 영웅성이다. 자기 친척의 방패를 든 위글라프부터 몰던의 베오르흐트볼드까지, 나아가 발라클라바에 이르기까지 그런 영웅성을 보여 준다. 그것이 「경비병 여단의 돌격」(테니슨의 서사시—역자 주)보다 낫지 않은 시에 간직되어 있더라도 말이다.

베오르흐트노스는 잘못을 저질렀고 자신의 어리석음 때문에 죽었다. 그러나 그것은 고귀한 과오 또는 고귀한 자의 과오였다. 그의 가신들은 그를 비난하지 않았다. 어쩌면 그들 중 많은 이들은 스스로도 고귀하고 기사도적이었기에 베오르흐트노스를 비난받아 마땅하다고 느끼지 않았을 것이다. 그러나 시인은 시인으로서 기사도나 영웅주의를 넘어서 있다. 만일 시인들이 그런 주제를 심도 있게 다룬다면 자기도 모르게 이런 '풍조moods'와 그것이 지향하는 목적에 의문을 품게 될 것이다.

과거의 두 시인은 영웅적이고 기사도적인 신조를 예술과 사상, 두 가지 면에서 면밀히 그려 냈다. 초창기의 『베오울프』와 끝 무렵의 『가웨인 경』이다. 그리고 아마도 중간부에 근접할 세 번째 시인의 「몰던」이 있다. 그의 작품이 온전히 남아 있다면 말이다. 이 가운데 한 작품을 고려하다 보면 다른 작품들로 이어진다는 것은 놀랍지 않은 일이다. 가장 후세에 나온 『가웨인 경』은 정서와 행위의 전체적 규범을 가장 충실히 의식하고 있으며 그 규범을 비판하거나 평가하려는 의도를 명백히 드러낸다. 그 규범에서 영웅적 용기는 한 부분에 불과하고 봉사해야 할 다양한 충성심이 있다. 『가웨인 경』은 비록 그 음보가 중요하긴 하지만 『베오울프』와 옛 '두운체'[52] 음보의 사용보다 더 깊은 내적 유사성이 많은 시이다. 가웨인 경은 모범적인 기사로서 물론 자신의 명예에 깊은 관심을 보인다. 명예롭게 여겨지는 것들이 달라졌거나 확대되었지만, 언약과 의무에 대한 충실성 그리고 불굴의 용기는 변함없이 남아 있다. 이런 것들이 그렌델이나 용처럼 일상생활에 가깝지 않은 모험을 통해서

[52] 아마도 이 작품은 단어 '철자들'을 이 음보에 처음으로 적용했을 것이다. 이 음보는 그것들을 고려한 적이 없었다.

시험에 처해진다. 그러나 가웨인의 행위가 더 훌륭하고 더욱 고려할 가치를 갖게 되는 것은 역시, 그가 부하이기 때문이다. 그가 위험에 처하고 확실히 죽음에 처할 가능성을 마다하지 않는 것은 단지 충성심과 주군인 아서 왕의 안전과 품위를 확보하려는 욕망 때문이다. 그리고 그의 원정에서 그의 주군과 그의 가신, 즉 원탁의 기사들의 명예는 그에게 달려 있다. 「몰던의 전투」와 『베오울프』뿐 아니라 이 시에서도 주군, 충성의 대상인 주인에 대한 비판을 보게 되는 것은 우연이 아니다. 그 비판적인 말들은 두드러지지만, 그 시에 관한 비평에서 (「몰던」에서와 마찬가지로) 이 말들이 차지한 적은 비중만큼도 두드러지지 않는다. 하지만 위대한 아서 왕의 궁정은 가웨인 경이 말을 타고 떠날 때 이렇게 말했다.

신 앞에 부끄러운 일이네,
그대, 이토록 고귀한 삶을 살아가는 경을 잃어야 하다니!
그의 맞수를 인간들 사이에서 만나기란, 맹세코, 쉽지
않지! 더욱 신중하게 처신하려면 분별력이 필요했겠지.
그 소중한 경은 적절한 때에 공작이 되었을 테고,

그에게 걸맞는 이 땅의 충실한 신하들에게 자비로운
지도자가 되었을 걸세.
그편이 오만한 호언장담 때문에 요정 같은 사람에게
목이 잘려 잔인하게 도살되는 것보다 나았겠지.
궁정에서 기사들이 크리스마스 놀이를 하며
옥신각신하고 있을 때 그런 방책을 취한 왕에 대한
이야기를 누가 들어 본 적이 있겠는가!

『베오울프』는 풍부한 시이고, 그 영웅이 죽음을 맞는 방식을 묘사한 부분에는 물론 다른 면들이 많이 있다. 그리고 젊은 시절과 노년에 달라지는 기사도의 가치와 의무에 대한 (위에 간단히 묘사한) 숙고는 그 가운데 한 가지 요소일 뿐이다. 하지만 그것은 명백히 거기 존재한다. 작가의 중심적인 상상력은 더 넓은 방면으로 나아가지만, 충성을 받는 주군에 대한 비판이 간단히 다뤄진다.

이같이 주군은 실로 기사들의 공적을 자신의 공으로 받을 수 있지만 순전히 그런 목적을 위해 그들의 충성심을 이용하거나 그들을 위험에 빠뜨려서는 안 된다. 히겔락이 과시적인 자랑이나 성급한 맹세로 인해 베오울프를 덴마크로 보낸 것은 아니었다. 그가 돌아온 베오울프에게 한 말은 의심할 바 없이 더 오래전의 이야기(202~204행의 현명한 원로들snotere ceorlas의 부추김에서 조금 엿보이는)를 바꾼 것이지만 그렇기에 더욱 의미심장하다. 1992~1997행에는 히겔락이 베오울프가 경솔한 모험을 떠나지 못하도록 만류하려 했다는 말이 나온다. 매우 적절한 처사이지만 끝에 가면 상황이 반전된다. 3076~3083행에서 위글라프와 예어트족은 용을 공격하려는 시도를 경솔한 모험으로 간주하고 왕이 그 위험한 모험에 나서지 않도록 만류하려고 애쓰는데 히겔락이 오래전에 사용했던 말과 똑같은 말로 설득한다. 그러나 왕은 영광을, 혹은 영광스러운 죽음을 갈망했고 재앙을 자초했다. 위글라프의 탄식은 책임감을 느껴야 하는 사람의 '기사도 정신'을 누구보다도 신랄하게 비판한다. oft sceall eorl monig anes willan wraec adreogan "한 인간의 의지로 인해 많은 이들이 화를 입어야 한다." 몰던의 시인은 이 말을 자기 작품의 첫머리에 써넣을 수도 있었을 것이다.

옮긴이 소개

김보원

한국방송통신대학교 명예교수. 서울대학교 영문학과를 졸업하고 동 대학원에서 문학박사 학위를 받은 뒤 한국방송통신대학교 영문학과 교수로 재직하였다. 역서로 J.R.R. 톨킨의 『반지의 제왕』, 『실마릴리온』, 『끝나지 않은 이야기』, 『후린의 아이들』, 『곤돌린의 몰락』과 데이빗 데이의 연구서 『톨킨 백과사전』, 토머스 하디의 장편소설 『더버빌가의 테스』가 있고, 저서로 『번역 문장 만들기』, 『영국소설의 이해』, 『영어권 국가의 이해』, 『영미단편소설』 등이 있다.

이미애

현대 영국 소설 전공으로 서울대학교 영문학과에서 박사 학위를 받았고 동 대학교에서 강사와 연구원으로 활동했다. 조지프 콘래드, 존 파울즈, 제인 오스틴, 카리브 지역의 영어권 작가들에 대한 논문을 썼다. 옮긴 책으로 버지니아 울프의 『자기만의 방』, 『등대로』, 제인 오스틴의 『엠마』, 『설득』, 조지 엘리엇의 『아담 비드』, 『미들마치』, J.R.R. 톨킨의 『호빗』, 『반지의 제왕』, 『위험천만 왕국 이야기』, 『톨킨의 그림들』, 캐서린 맥일웨인의 『J.R.R.톨킨: 가운데땅의 창조자』, 토머스 모어의 서한집 『영원과 하루』, 리처드 앨틱의 『빅토리아 시대의 사람들과 사상』 등이 있다.